JN083966

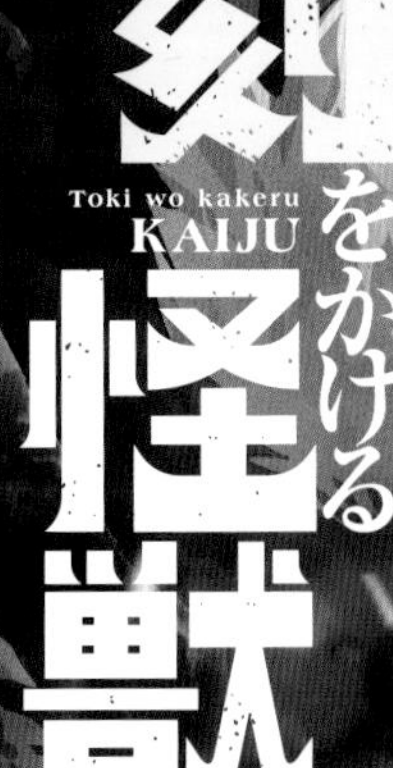
刻をかける怪獣
Toki wo kakeru
KAIJU

「私と貴方は同期であり、ライバルってことですね」

弓崎セルホ
Seruho Yumizaki

新人防衛隊員でシンの同期。身体能力に優れており、負けず嫌い。特別な血筋らしいが……？

「世界を、そしてアズサを救ってみせる！」

蘭堂シン
Shin Randou

主人公。怪獣変身能力と死に戻りを駆使し、幼馴染であるアズサの命を救う世界線を目指す。

「ボクの存在はごく少数の者しか知らないはずなのだけど？」

久留毘矢ニスモ
Nisumo Kurubiya

ホワイト・レイヴン所属のマッドサイエンティスト。コードネーム：サイコ・フェザント。怪獣の研究に生涯を捧げる天才で変人。

「私は……怪獣を殺さずにはいられないよ」

凪千代アズサ
Azusa Nagichiyo

シンの幼馴染。防衛部隊ホワイト・レイヴンのエース。コードネーム：クレイモア・レイヴン。破壊の怪獣に殺される運命。

CHARACTER

「各員、明日へ向かって走れッ！」

壱番星ノブ

Nobu Ichibanboshi

ホワイト・レイヴンの隊長。コードネーム：コマンダー・ライデン。熱血漢なナイスガイ。

「うるさい。ルーは気が散るのが嫌いだ」

タスマ豪

Gou Tasuma

ホワイト・レイヴン所属のカンガルー。コードネーム：ボックス・ルー。ボクシングが得意でかわいい。

「人類史上で記録に残っている怪獣は、全部頭に入ってるんだ～♪」

欧拉マオ

Mao Oura

新人防衛隊員でシンの同期。怪獣の知識がずば抜けている優秀なオペレーター。少々気弱なのが玉にキズ。

刻の怪獣
Tokinokaiju
シンが怪獣に変身した姿。

——20メートルある巨体の、上半身が消し飛ぶ。
破裂するように腹部から上が吹き飛び、核ごと粉砕。
それはまるで弾けた水風船のようだった。

「……シン、防衛隊員になれたのに
あまり嬉しそうじゃなかったな。
どうしたんだろう？
明日話でもしてみようかな……」

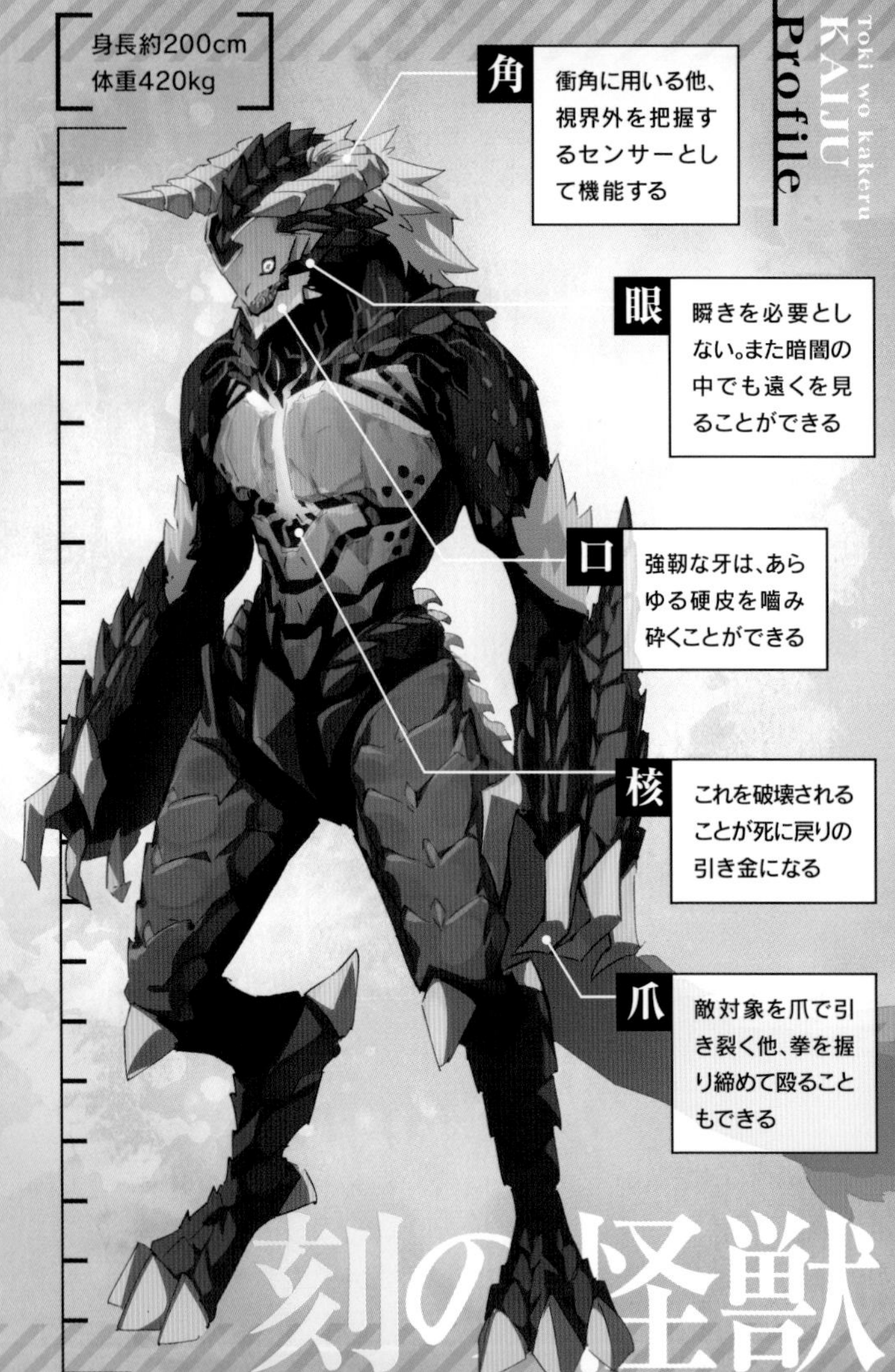
Profile
KAIJU
Toki wo kakeru
身長約200cm
体重420kg
角
衝角に用いる他、視界外を把握するセンサーとして機能する
眼
瞬きを必要としない。また暗闇の中でも遠くを見ることができる
口
強靭な牙は、あらゆる硬皮を噛み砕くことができる
核
これを破壊されることが死に戻りの引き金になる
爪
敵対象を爪で引き裂く他、拳を握り締めて殴ることもできる
刻の怪獣

刻をかける怪獣

メソポ・たみあ

角川スニーカー文庫

23240

CONTENTS

design work : AFTERGLOW
illustration : bun150

今、世界に用意された運命(シナリオ)は3つしかない。

人類が怪獣を滅ぼすか、

怪獣が人類を滅ぼすか、

それとも怪獣が怪獣を滅ぼすか。

だが私は、そんな破滅しかない運命を変えてくれる者が、きっと現れると信じている。

――『国境なき防衛同盟(アース・ディフェンス・ユニオン)』創設時、初代長官の演説の一句より

プロローグ

『繰り返します。国家非常事態宣言が発令されました。市民の皆様は、直ちに付近の地下シェルターへ退避して下さい』

——街中に設置されたスピーカーから音声が流れる。

如何(いか)なる状況の人でも確実に聞こえるであろう、大音量の読み上げ音声。

その低いトーンの落ち着いた喋(しゃべ)り口調は、不気味にさえ感じる。

『繰り返します。〃怪獣〃の襲撃により、国家非常事態宣言・最終フェーズが発令されました。日本国政府及び防衛隊(ユニオン)は、東京都の防衛を放棄します。市民の皆様は付近の防衛隊(ユニオン)へ保護を求めるか、付近の地下シェルターへ退避して下さい。繰り返します——』

音声が、何度も何度も無慈悲な現実を突きつける。

——都市が、燃えている。

無数のビルが薙(な)ぎ倒(たお)され、立ち昇る黒煙が空を覆い、衝突して数珠繋(じゅずつな)ぎとなった車たちが道路を覆う。

皆死んでいる。男も女も大人も子供も老人も若者も、そして俺の家族も。

何千何万という数え切れない人々が血を流して倒れ、こと切れている。少なくとも目に映るのは死者ばかりだ。

地獄か悪夢か、もうそんな言葉しか思い浮かばない凄惨な光景。

これまでの日常が全て終わってしまったと、そう実感するには十分すぎる景色だった。

『ヴゥオオオオオオオオオオオオオオオオオオオオオッッッ!!!』

日本の首都を火の海に変えた、人類の敵。

——怪獣。

推定全長6000メートルはあろうかという途方もない超々巨体に、溶岩のような真っ赤な血管が無数に覗（のぞ）く分厚い黒皮膚。異様に突き出た鰐（ワニ）のような口と鋭い歯。地面を擦（こす）る3本の尻尾。背中から伸びる4本の触手にはまるで刃物のような鋭い突起が付いている。

今から僅か8時間前、突如日本近海に現れたコイツは東京へ上陸し、日本の首都を戦場へと変えた。

迎撃に当たった『国境なき防衛同盟（アース・ディフエンス・ユニオン）』——通称防衛隊（ユニオン）の中央・関東方面隊は総力を結集し、防衛隊員5万人を投入して防衛戦を展開。

そしてこの戦いで、防衛隊（ユニオン）は史上初めて〝壊滅〟した。投入された防衛隊員、その過半数が死亡したからだ。

これまで数多（あまた）の怪獣を撃退してきた防衛隊（ユニオン）が初めて完敗を喫した相手、それがこの黒い怪獣。その迫力に満ちた姿形は、人間など蟻（アリ）にも等しいと誇示しているかのようである。

『ヴォオオアアアアアアッ！』

巨大な口をバックリと開け、黒い怪獣は赤熱色の熱射ビームを放つ。薙（な）ぎ払（はら）うように放たれた熱射ビームは遥（はる）か遠方のビル群を焼き尽くし、爆炎の柱を巻き上げる。今の一射だけでも、おそらく数千人の人々が消し炭にされただろう。全てを焦土へと化すその熱射ビームによって、防衛隊（ユニオン）も東京も全てが破壊し尽くされたのだ。

「あ……あぁ……！」

そんな黒い怪獣を前に、俺は恐怖に竦（すく）んでいた。

できることなら、今すぐにでもこの場から逃げ出したい。しかし崩れたビルの瓦礫（がれき）に左足を潰され、身動きがとれないのだ。

俺はもう生き残ることをほとんど諦めていたが――今俺の目の前にいる、たった一人の少女は違った。

「アズサ！」

「もう避難してると思ってたのに、まさか最後に会えちゃうなんて……皮肉だね」

防衛隊（ユニオン）の強化戦闘服ミョルニル・スーツを着込み、自身の背丈の倍ほどもある巨大な対怪獣用大斬刀（クレイモア）を構える銀髪の少女。

彼女の名前は凪千代（なぎちょ）アズサ。防衛隊（ユニオン）中央・関東方面隊きってのエリート部隊『ホワイト・レイヴン』の一員であり、日本で最も多くの怪獣を殺した〝最強の防衛隊員〟。

そして同時に——子供の頃から共に育った、俺の幼馴染（おさななじみ）だ。

「ダメだアズサ！　俺のことは置いて逃げろ！」

「バカ言わないで。命に代えてでも一般市民を守る、それが防衛隊員だって……子供の頃、私とシンが憧れたのはそういう存在だったじゃない」

彼女は笑いながら言う。

額からも血を流して全身ボロボロになった身体（からだ）で、逃げ遅れた俺を守るように黒い怪獣と相対するアズサ。その状態は俺よりもずっと重傷で、とても戦えるようには見えない。

「お前も酷（ひど）い怪我（けが）してるだろ!?　お願いだ、お前だけでも逃げてくれ！　俺は——！」

俺が言い終えるよりも早く、彼女は大斬刀（クレイモア）で俺の左足を押し潰していた瓦礫を薙（な）ぎ払う。

「シン、聞いて。私が時間を稼ぐから、少しでも遠くへ逃げるの。ほんの少しでも、ほんのちょっとでもいい。ここから離れて……シンだけは生きてよ」

「アズサ……なに言って……」

「私さ……最後に守れるのがシンで、よかった」

そう言いながら、彼女は俺へと振り向く。

その幼馴染の顔は笑顔で、そして泣いていた。

「ハァァアアアアアアアアアアアアアアアアアアアアアアッッッ!!!」

刹那、ドワォ！とアズサは地面を蹴り飛ばして跳躍する。

ひと飛びで100メートルは上昇したであろうその動きは力強く軽やかで、美しさすら感じられた。

『ヴゥオオオッ！』

同時に黒い怪獣の触手が彼女目掛けて襲い掛かるが、アズサの大斬刀（クレイモア）はそれを容易（たやす）く両断していく。触手は太さだけで何十メートルもあるはずなのに、彼女がたった一太刀振るえばズシャアッ！と黒い皮膚が斬り裂かれる。

「ミョルニル・スーツ制限全解放（リミット・オーバーシュート）！　手足が千切れたっていい、高機動型（ヴァンガード・モデル）のスピードに賭けるッ！」

出力をフルパワーにしたアズサの強化スーツから、白銀色の揺らめく光が放たれる。

アレは怪獣線——またの名をグリフォス線の光。スーツの素材に使われている怪獣の核が限界まで活性化し、漏れ出ている証(あかし)である。命が、燃えている光だ。

機動力を重視したスーツの力を極限まで解放した速度。その動きはもはや目で追えず、黒い怪獣へ刻む連続斬撃は音速を超え一振りごとに衝撃波(ソニックブーム)が発生する。どう見ても人間離れしたその動きは、まさしく〝最強の防衛隊員〟。その二つ名に偽りなし。

そんな彼女の必死の戦いを見て、俺は逃げ出すことなどできなかった。幼馴染の少女が命懸けで戦っているのに、自分だけ逃げるだなんて――。

なんの力も持たない、防衛隊員にすらなれなかった俺にできることなどなにもない、そう理解していたとしても。

「これが音速を超えた一撃ッ！　イッッッケェェェエエエエエエエッ!!!」

アズサが黒い怪獣の頭部目掛け、全開速度で衝突するように大斬刀(クレイモア)を振り下ろす。

瞬時に超巨大な怪獣の頭が圧壊するように弾(はじ)け飛び、その有り余る衝撃の余波は周囲のビルまで薙ぎ倒して離れた場所の俺まで伝わってくる。頭部だけで人の体積の何千倍もあるであろう大質量の塊を、たったの一撃で粉砕したのだ。

凄(すご)い――凄すぎる――。

アズサの強さは、これまでTVやネットの中継で何度も見てきた。そして幼馴染であるからこそ、彼女は身体動作という点において天才であり超人であると昔から知っていた。

だからこそエリート部隊に入れたことも。

それでもここまでの本気は見たことがない。

そして現に、彼女はたった今黒い怪獣の脳天を砕いてみせた。

いくら超巨大な怪獣と言えど、こうなってしまえば——。俺がアズサの勝利を信じた、その直後だった。

——つい数秒前に木端微塵になった黒い怪獣の頭が、みるみる再生していく。グジュルグジュルという肉が蠢く不快な音を奏でながら、あの大きな口が蘇っていく。

それだけじゃない、斬り落とした触手もすぐに生えてきて元通りになる。

「なん……だよ……それ……」

俺は啞然とする。

触手はともかく頭を破壊されて無事な怪獣など、いや瞬時に再生できる怪獣などいないいないはずだった。そんな個体はこれまで観測されたことがない。

こんな——こんなのって——。

黒い怪獣が復活した様を見たアズサは遂に肉体が限界を迎え、全身の力が抜けるように地面に座り込む。「あ〜あ……やっぱりダメかぁ……」と口を動かした彼女は俺を見ると、

「シン……逃げ——」

そう呟いたように見えた——瞬間、黒い怪獣の喉奥が赤く光る。

黒い怪獣はそのまま赤熱色の熱射ビームを放ち————アズサの身体は、眩い光の中へと沈んでいった。

すぐに黒い怪獣はビームの射出を止めるが、超高音の熱線が通った後には何も残ってはいなかった。ビルも、車も、コンクリートの地面も——そして彼女の影さえも。なにもかもが、跡形もなく。

「ア……アズサ……アズサアアアアアアアアアアアアアアアアアアアアアアアアアアアッッッ!!!」

俺は喉が裂けそうなほどに叫喚する。

——見てしまった。この目で。

幼馴染の死を。大事な人の最期を。最強の防衛隊員の敗北を。

きっと彼女が見てほしくなかったであろう、惨たらしい終わりの瞬間を。

悲鳴のような血の混じった声で彼女の名を叫んでも、応えてくれる者はいない。

アズサは——死んだのだ——。

『…………』

黒い怪獣は絶叫する俺を一瞬だけ見ると、まるで興味をなくしたかのように超巨体を反転させて移動を始める。

殺す価値もない――まるでそう言われているような気分だった。

アズサを殺し、東京を焼け野原にしておいて、俺は見逃されたのだ。

「そ……そうかよ……俺はお前の餌にもならないってか……。は……ははは……！」

ただ惨めだった。ただどうしようもなく悔しかった。

俺は痛む左足を引きずり、ユラリと立ち上がる。

「よくも……よくも俺から全てを奪ったな……俺の家族も……アズサも……！」

俺は両手の拳をギチッと握り締める。両手からボタボタと血が垂れるが、痛みすら感じない。

「許さねぇ……お前だけは許さねぇぞ……！　いつか必ず、アズサたちの仇を取ってやる……ッ！　お前だけは許さねぇ……お前だけは、絶対にッ!!!」

超巨体を這わせながら去って行く黒い怪獣に、怨嗟を叫ぶ。

東京が壊滅したこの日。俺、蘭堂シンは〝復讐〟を誓った。

いつか必ず――――必ず、あの怪獣を殺すと。

――2042年、6月13日、東京壊滅。

人類史上最悪の災禍をもたらした黒い怪獣は、その不死身の肉体と全てを破壊していく暴虐ぶりから、いつしか〝破壊の怪獣〟という名で人々に呼ばれることになる。

破壊の怪獣は東京での出来事から僅か2ヵ月で日本中の主要都市を全て蹂躙し、日本政府と防衛隊は完全に瓦解。日本という国は消滅。

以後も破壊の怪獣は世界中に現れ、国家という国家を破滅へ追いやった。その間も人類は徹底抗戦し、あらゆる大量破壊兵器を投入したが、その全てが無意味だった。

東京壊滅から1年、地球上の人類は90パーセントが死滅。

そして2年後——世界は、滅亡した。

第１章　刻の怪獣

――２０５２年、６月12日

――旧東京・とある市街地跡

「おい、そっちに行ったぞ！」

けたたましい男の声が、廃墟となったビルの間に木霊する。

男は数名の仲間と一緒に鉄パイプなどの鈍器を持ち、とある生物を追い回していた。

『グルルゥ！』

男たちが追いかけていたのは、異様に長い尻尾と虎のような体毛を持ち、びっしりと鋭い牙が並んだ大口を持つ小型怪獣。２メートルほどの身体を持つその小型怪獣は、俊敏な動きで男たちから逃げていく。

しかし奴が大きな瓦礫を避けようと跳躍した直後、

「――くたばれ、怪獣め」

物陰に隠れていた俺は、構えていた突撃銃の引き金を引く。

ババババン！とバーストで高速弾が放たれ、全弾が小型怪獣の胸部に命中。

『ギャウン！』

小型怪獣は勢いのままコンクリートの上をバウンドし、そのまま動かなくなる。どうやら核を破壊できたようだ。

「コイツは……一応食えるタイプの怪獣か。今夜の晩飯にはなりそうだな」

「おーいシン、上手くいったか⁉」

男たちは息を切らしながら俺のところへやってくる。彼らは同じ集落で暮らしている俺の仲間だ。

「ああ、1回で核を撃ち抜けたみたいだ。悪いな、危険な役をやってもらって」

「構わねぇさ、飯にありつけるならな。それでコイツは――」

「ああ、食っても問題ない種類だ。だが核と内臓はやめておけ。尻尾も先に切り取っておいた方がいい。それと、念のため怪獣線計測器を使うのを忘れるなよ」

「わかってるって、相変わらずお前は心配性だな。俺らだって変な病気になるのはゴメンだよ」

男とその仲間は痩せこけた顔でハハハと笑う。

まったく、笑い事じゃないんだが……。いや、そんなのは彼らも嫌というほど理解した上で冗談にしているのだろう。

俺たちがそんな話をしていると、

「シン兄ちゃーん！」

遠くから1人の子供が走ってくる。彼はトーバという名前で、俺がよく面倒をみている少年だ。まだ15歳になったばかりのため、狩りには参加させていなかったのだが……。

「お、おいおいトーバ、集落の外は危険だから出るなっていつも……！」

「でも、シン兄ちゃんが銃を撃つ音が聞こえたんだ。スッゲー、こんなでっかい怪獣を仕留めるなんて……！」

「コイツは怪獣としてはかなり小柄な部類だ。それに核さえ破壊できれば、大きさに関わらずどんな怪獣でも倒すことはできる。ま、銃で核を破壊できない怪獣なんぞ山ほどいるけどな」

「うぇー、そうなのか？　でも兄ちゃんは銃の名手だし、兄ちゃんならどんな怪獣でも倒してくれるんだろ？」

期待を込めた眼差し（まなざし）でトーバは俺を見る。

だが無垢（むく）な彼の言葉は、俺の返事を詰まらせた。

「……ンなワケあるか。俺が殺せるのなんて、精々こんな雑魚くらいだよ。それに俺は銃の名手なんかじゃない。昔は、コレを握ることすら許されなかったくらいだ」

俺は自分が手にした突撃銃（パルスライフル）を見る。もう随分と使い古されてボロボロにくたびれ、パーツのガタを包帯で固定している有り様の、かつて防衛隊（ユニオン）の正式装備だった突撃銃（パルスライフル）。

俺がコイツくらいの子供の頃は、この武器を構えて怪獣と戦う防衛隊員に強く憧れたもんだが……その防衛隊（ユニオン）が滅んでから使えるようになるなんて、今思えば皮肉だよな。

トーバはそんな俺を不思議そうに見ると、

「？　兄ちゃんは、昔はユニ……なんとかってとこの兵士だったんじゃないのか？」

「……いや、俺はただの一般人だったよ。防衛隊（ユニオン）に所属したことは……一度もない」

そう答えた俺は、仲間の男たちと仕留めた小型怪獣を担いで歩き出す。

帰路は道路がひび割れ雑草が飛び出し、ビルから崩れ落ちた瓦礫がそこかしこで地面に突き刺さって苔（こけ）を生やしている。そこにもう文明の息遣いは感じられないが、そこがかつて大都市であった面影はまだまだ色濃く残っている。

しばらく歩いて大きな廃墟ビルの中に作られた集落に着いた俺たちは、見張り番に収穫物と本人証明書であるドッグタグを提示。〝蘭堂（らんどう）シン〟と書かれたプレートを見た見張り番は、快く俺を通してくれた。俺がこの集落へ来て1年半、もうすっかり顔馴染（かおなじ）みだ。

一緒に小型怪獣を運んできた仲間たちとはそこで別れ、俺はトーバと一緒に自分の住処（すみか）

へ向かう。その間に、集落で暮らす何人もの人々とすれ違った。誰も彼もがボロボロの衣服を着ており、ガリガリに痩せ細っている。飢えと栄養失調が蔓延(まんえん)しているのは明らかで、巡回の男が捕まえたネズミを老婆がありがたそうに受け取っている姿など見ると虚(むな)しくなってしまう。

——終焉後(アフター・アポカリプス)が始まって、もう10年が経(た)った。

あの忌々しい怪獣が、破壊の怪獣が世界を滅ぼしてから、もう10年。

国家という国家が滅亡あるいは衰退し、人類が地球を支配する時代は完全に終わりを迎えた。

人々の生活を支えていたインフラはその全てが破壊され、俺たちの暮らしはほとんど石器時代まで後戻りしてしまった。今じゃ日々を生き永らえるのに精一杯で、腹を満たすために怪獣の肉まで食っている状態。文字通り、文明は死んだのだ。

それだけじゃない。日に日に怪獣の数は増えて人類の住処は少なくなっており、大小関わらず怪獣たちが我が物顔で大地を闊歩(かっぽ)している。

一昨日(おととい)も、狩りに出た集落の仲間が5人も死んだ。満足に農作物の栽培を行えるような場所はすぐに怪獣の縄張りになってしまうし、食料事情はどんどん悪くなる一方。

もうこの集落も長くないかもな……などと思いながら、俺は自分の住居(テント)に到着した。

「よいしょ、っと……。やれやれ、いい加減銃にオイル塗ってやらないとな……」

手元がよく見えるようオイルランプに火を点け、オンボロの突撃銃の分解を始めようとした矢先、ふと腕時計の日付が目に入った。

「ああ……そういや、今夜か。その準備もしなくちゃな」

◷　◶　◵　◴

「ダメだアズサ！　行っちゃダメだッ！」

「嫌だ！　ママ！　ママぁ！」

——崩れた家と燃え盛る炎。まだ幼い俺は、アズサを必死に押さえて止めようとする。

アズサの視線の先にあるのは、崩れた家に押し潰される彼女の母親の姿。

「アズサ……来ちゃダメ……逃げて……」

『グルルル……！』

家を破壊した怪獣が、アズサの母親に迫る。もう、助けられない。ここでアズサを行かせたら、彼女まで喰われてしまう——。まだ幼い俺にも、それくらいのことはわかった。

「シンくん……アズサを……よろしくね……」

アズサの母親が俺にそれだけ言うと——怪獣の大きな牙が迫る。

そして――

「い――いやああああああああああああぁぁぁぁぁッッッ!!!」

「う――っ!?」

俺はガバっと起き上がる。突撃銃(パルスライフル)の整備をしていたはずだが、いつの間にか眠ってしまっていたらしい。

「クソッ、なんだってあの時の夢を……」

……忘れもしない、俺とアズサが防衛隊(ユニオン)を目指すきっかけになった出来事。あの頃の俺たちはまだ8歳で、目の前の惨劇をただ見ていることしかできなかった。

俺は額から流れる寝汗を拭い、ふと腕時計に目を落とす。

――〝2052年、6月13日、午前0時〟

住居(テント)の外は気が付けば真っ暗になっており、灯(あか)りはほとんどが消されている。これは怪獣や野盗が光源を見てやって来ないようにするためだ。

「……もうこんな時間か」

一応銃や装備のメンテナンスをひとしきり終えていた俺は、突撃銃(パルスライフル)と最低限のサバイバルキットなどを入れた鞄(かばん)を持って住居(テント)を出る。

そして集落の出口へ向かうと、眠そうな目をした見張りが俺を見つけた。

「シンじゃないか、どうしたこんな時間に」

「すまない、ちょっと出てくる」

「出てくるって、外にか？　なんでまた……」

「頼むよ、見逃してくれ。大事な用があるんだ」

　俺が頼み込むと「すぐに戻ってくれよ」と見張りはため息交じりに通してくれる。深夜に、それも1人で外へ出るなど危険極まりない行為ではあるが、彼は俺を信用してくれたようだ。

　俺は月明かりだけが照らしてくれる旧市街地へ出る。当然シーンと静まり返っており、人の気配も怪獣の気配もない。どちらかといえば幽霊でも出そうな雰囲気だ。

　そんな中、俺は周囲を警戒しつつ大通りを進んでいく。そうして急ぎ足でしばらく歩くと――〝海〟が見えてきた。

　もっとも、俺が着いた場所は港でもなければ砂浜でもない。海がかつての都市部まで浸食してきているのだ。月光が照らす光で、海面下に沈んだビル群や乗り捨てられた車などが透けて見える。

　かつて人類は、破壊の怪獣を倒すためになんでもやった。あらゆる兵器を投入した。その中には当然核兵器もあり、核弾頭を搭載したミサイルが世界中で数千発は使われたと聞く。幸いにも日本に核は落ちなかったが、その結果海面の水位が上昇して旧東京の一部は水没し、今に至る。

「……昔、この辺は美味い飯屋がたくさんあったんだがな。子供の頃はよく食いに行ってたのに」

こうなっちゃ見る影もない。無常なもんだ。

俺は水際に近付き、ゆっくりと膝を突く。そして鞄の中から小さな紙の船を取り出した。煤で汚れた紙を、折り紙のように折って作った小船。それには――〝凪千代アズサ〟と名前が書かれている。

俺はそれを水面に浮かべ、彼方へ向かって押し出す。

「10年……お前が俺を守ってくれてから、もうそんなに経ったよ、アズサ」

これは俺が毎年欠かさず行っている、命の恩人への弔い。

墓すら用意されなかった英雄、そして大事な幼馴染への墓参りだ。

「見てくれよ、俺は今年で29歳。もうちょっとで立派なおっさんだ。髭も伸びてきて、随分みっともない姿になって……歳は取りたくないもんだよな」

俺は水面へ向かって語り掛ける。

そこにアズサはいない、そうわかっていても。

「そうそう、今俺がいる集落は悪くないところでさ、いい奴ばっかりなんだ。特にトーバっていう子供は俺に懐いてくれてて、今度銃の撃ち方を教える約束をしたよ。アイツはきっといいハンターになれると思う。お前にも会わせたかったな。それから――」

そんな話をしていると――水面にポタッと一滴の水が落ちた。

最初は雨でも降ってきたのかと思ったが、それが空から落ちてきたのではなく自分の目から落ちた物だと気付くまで時間はかからなかった。

「…………10年……10年だぞ？　もうそんなに経つのに、俺はまだお前の仇を討ててない。それどころか日々を生きるのに精一杯で、小型怪獣を殺すのが関の山で、今じゃ破壊の怪獣がどこにいるのかすらわからないなんて……こんなの、あんまりに惨めじゃねえか……」

俺は悔しさのあまり、膝の上で拳を握り締める。

必ずアズサの仇を討つ――そのためならなんでもやる――。そんな怒りと憎しみに取り憑かれて、俺はこの10年間を生きてきた。そのために怪獣との戦い方を覚え、銃を使えるようになり、今日の今日までしぶとく生き残ってきた。

それなのに――俺はまだ彼女の復讐を成し遂げていない。それどころかネットや電話などあらゆる通信回線が消滅した現在では、破壊の怪獣の所在すら摑めないという有様。

ただ生き残っただけの個人など――この時代では無力でしかないのだ。

「俺にはもう、復讐なんて無理なのかな……。俺はこのまま死んでいくのかな……。俺は一体なんのために、お前に生かされたんだ……？　答えてくれよ……アズサ……」

――終焉後に過ごした10年という歳月の中で、俺の心はすっかり疲れ果てていた。

惨めだった。今の自分が、ただどうしようもなく。

あと何年こうして惨めな気持ちを味わえばいい？　いや、この世界の中で俺はあと何年生きていられる？

アズサの無念を晴らしたいだけなのに、自分の無力さがどうしようもなく恨めしい。

「俺は……俺はどうしたらいい……？　やっぱり落ちこぼれの俺なんかじゃ、お前にすら殺せなかった怪獣を殺すなんて……」

俺は全てを諦めそうになっていた。心が崩れそうになっていた。

――その時である。

俺はふと揺れを感じた。身体に伝わる地面の揺れは徐々に大きくなっていき、併せて響くような地鳴りが聞こえてくる。

「!?　な、なんだ!?　地震か!?」

俺は叫ぶが、すぐにそれが地震の揺れと異なることに気付く。

これはまるで、巨大ななにかが動いているような――。

「この振動……まさか！」

俺は海へと目を向ける。

そして、その直後――

『ヴォオオオオオオオオオオオオオオオオオオオオオオッッッ!!!』

水面下から飛び出してくる超巨体。

溶岩のような真っ赤な血管が無数に覗く分厚い黒皮膚。異様に突き出た鰐のような口と鋭い歯。

見間違えようもない――破壊の怪獣――！

だが、飛び出してきたのは奴だけではない。

破壊の怪獣の大口に嚙み付かれ、全身が傷だらけになった別の怪獣の姿もある。

「アレは、怪獣がもう一体……!?　怪獣同士が戦ってるのか!?」

もう一体の謎の怪獣は破壊の怪獣と比べれば小柄で、全長はおよそ300メートル前後。

青と白に分かれた皮膚を持ち、手足のような四肢を生やしたその姿形はどことなく人体に近い。

破壊の怪獣に嚙み付かれた謎の怪獣は街中に向かって叩きつけられ、廃ビル群を破壊しながら転げ回ると、そのまま沈黙する。

『ヴォオオオ……』

謎の怪獣が動かなくなったのを確認した破壊の怪獣は反転し、再び海へと戻って行く。

「ま、待ちやがれ！　今日こそお前を――！」

俺は奴の超巨体に向けて突撃銃をぶっ放す。迷いなくフルオートで全弾叩き込むが、破壊の怪獣は気にする素振りすら見せず水面下に消えていき、ズシンズシンという足音を響かせながらすぐに見えなくなってしまった。

「クソッタレが！　ようやく見つけたってのに……！」

俺は海に向かって負け犬のように吼える。

ようやく、ようやく見つけたのに、傷付けるどころか、また無視されるなんて――ッ！

俺は怒りと無力感でギリッと歯軋りを鳴らし、銃のグリップを強く握り締める。

だが、その時間も束の間だった。今度は街の中で沈黙していた謎の怪獣が息を吹き返し、のそりと起き上がる。

「アイツ、まだ生きてたのか……⁉」

『グウゥ……』

謎の怪獣は明らかに満身創痍で、まだ動けるのが不思議に見えるほど身体中に大怪我を負っている。それでも破壊の怪獣を追うように歩き出すが、すぐにフラリとよろけて俺の近くに倒れてきた。

「うわッ！　ゴホッゴホッ……一体なんだってんだよ……！」

怪獣の巨体が倒れた衝撃で地面が揺れ、大量の砂埃が舞い上がる。そんな中で俺はゆっくり瞼を開けると——すぐ眼前に、謎の怪獣の頭があった。

『グ……ゥ……？』

謎の怪獣は僅かに頭を動かすと、俺の方を見てくる。

その巨大な瞳と目が合った俺は、反射的に銃口を向けるが——

『…………オマエハ…………ソウカ……ケッキョク、マタ、コウナルノカ……』

「っ!?　か、怪獣が言葉を……!?」

俺は驚愕する。

怪獣が、言葉を発した。今、確かにコイツは人の言葉を話した。これまで人語を話せる怪獣など見たことも聞いたこともない。

それに、なんて言った？　〝結局またこうなるのか〟って言ったか？

それはどういう――。

俺が困惑し動揺していると、謎の怪獣は僅かに首を動かして頭をもたげる。そして――大きく口を開いて、こっちへ向かってきた。

「しまっ――！」

逃げる猶予さえなかった。俺はそのまま奴の口に捕らえられ――飲み込まれた。

◷　◶　◵　◴

「う……うぅ……」

――目が覚める。俺はどうやら気を失っていたらしい。

なにがあった？　なにが起こったんだ？　確か謎の怪獣に飲み込まれて……。

身体を起こして周囲を見てみると、辺りはなにもない真っ暗な空間だった。

とても、ここが怪獣の腹の中だとは思えない。音も匂いも風も一切感じないのだ。むしろ天国か地獄だとでも言われた方がまだ納得できそうな場所である。

「ここはどこだ……？　俺はあの怪獣に喰われたはずなのに……」

『…………シン…………シン……』

「！　誰だ⁉」

どこからか、俺を呼ぶ声が聞こえた。

人の声帯から出る音とは異なる、腹に響くような不気味な声だ。

『ランドウ……シン……オレノ、コエヲ、キケ……』

また声が聞こえたかと思うと──暗闇の中から、突如謎の怪獣の頭が現れる。

「ッ‼　お前はさっきの……なんで俺の名前を……⁉」

『オレハ、マタ、シッパイシタ……。オレハ、マタ、カエラレナカッタ……』

それは酷く衰弱して弱々しい、まるで縋るような声だった。

この怪獣はもうすぐ死ぬ。それが俺には直感的にわかった。

『オレノ、チカラヲ、オマエニヤル……。ダカラ……ダカラ、ドウカ……コンドコソ、ウ、ンメイヲ、カエテクレ……』

直後、謎の怪獣の口の奥から〝青白く光り輝く玉〟が出てくる。揺らめく光を放つその玉は俺の目の前までゆっくりと浮遊。そして俺の胸にぶつかると、そのまま体内へと消えていった。

「う……⁉　な、なんだ今のは！　俺に一体なにをした⁉」

「アイツヲ……アイツヲ、タオセ……ホロボセ……。ドウカ……アズサノ、カタキヲ……」

そう言いながら、謎の怪獣の頭はボロボロと崩れて塵になっていく。

コイツ、今――彼女の名前を呼んだ――？

「アズ、サ……？　どうしてお前がアズサを知ってる⁉　お前は何者だ⁉　答えろ！」

『オレハ……オレハ…………刻ノ……怪獣……』

そう言い残すと、謎の怪獣の頭は完全に塵へ成り果てた。

残された俺は茫然とするが、すぐに自分の身体に異変を感じた。

「うぐっ……！　これは……⁉」

胸が――いや、心の臓が熱い。燃えるように。

胸部が青白く発光を始め、その強烈な光は俺の全身を包み込んでいく。

同時に、俺は光の中で垣間見る。俺の肉体が――人外の〝何か〟へと作り変えられていく光景を。俺が俺でなくなっていく、その過程を。

「う――うあああああああああああああッッッ!!!」

恐怖と困惑が入り混じり、俺は絶叫する。

だが光に取り込まれた俺の意識は徐々に遠くなっていき——そして遂には途絶えた。

◷ ◶ ◵ ◴

「————さい————ください————」

誰かの声が聞こえる。

たぶんまだ若い女性の声だろう。

「——くださいって——起きてくださいってば——」

この声……なんだろう、どこかで聞いたことがあるような、ないような……。

それにしても、無性に眠い。まるで瞼が鉄のシャッターになったみたいに。

だからできれば、このまま寝させといてほしいなぁ……なんて——。

「このっ、起きろって言ってるじゃないですかッ！」

次の瞬間、バチーン！と爽快な音を立てて俺は頰を引っぱたかれる。

その音と痛みで、シャッター化した俺の両瞼は一発で全開となった。

「はぶぅ⁉　な、なにすんだ——⁉」

「この寝坊助、ようやく起きましたね！」

どうやら俺は今まで気絶していたらしく、それをご丁寧にビンタで起こしてくれたらしい。急いでるのかもしれんが、せめてもう少し優しく……。

「走れますか⁉　走れますよね⁉　すぐ逃げますよ！」

そう叫んで俺の胸ぐらを摑(つか)むのは、赤髪をツインテールに結んだ可愛(かわい)らしい少女。背丈は160センチより少し高いくらいで、年齢は16歳前後ってとこだろう。整った顔立ちは控え目に言って美少女だが、八の字を逆さにしたようなムッとした眉と吊(つ)り上がった目つきがどこか生意気そうに見える。

……っていうか、この子いやに健康的な顔してるな。服装もまるで終焉後(アフター・アポカリプス)以前みたいに小綺麗(こぎれい)で――。

いや待て、この子の顔――見覚えがあるぞ……？　確か随分と昔に、一度会ったような……。

それに、なんだろう、どこか漠然とした違和感が……。

――ていうか、え？　逃げる？

「……？　逃げるって、なんで……」

「はぁ⁉　そんなの見ればわかるで――ッ！」

赤髪の少女が言いかけると、どこからともなくビー！ビー！という警報音が聞こえてくる。

『市民の皆様にお伝えします。只今、区内に設置された怪獣線計測器によってグリフォス線が検出されました。推定グリフォス線出力は８０００。高い脅威が予想されます。市民の皆様は、速やかに付近の地下シェルターへ退避して下さい。繰り返します――』

――俺は耳を疑った。

この聞く度に背筋が凍る、低いトーンの落ち着いた喋り口調。間違いない、これは街中に設置されたスピーカーから鳴るアナウンス。怪獣線計測器が高出力グリフォス線をキャッチした合図だ。

しかしこれは日本が滅亡した時点で鳴らなくなったはず。事実、俺はもう10年来聞いていない。

それがどうして――。

いや、それよりも――アナウンスが流れたってことは――。

『ギ……ギギ……！』

赤髪の少女の背後から、ギチギチというなにかが蠢く音が聞こえてくる。

「ヤバッ……！」

彼女は血相を変えて振り向く。

それによって、彼女の身体で遮られていた物が俺の目へと飛び込んできた。

──岩のようにゴツゴツとした外骨格を持ち、鎌のように鋭利な6本足を動かし、クワガタのように飛び出した口元のハサミをギチギチと鳴らす、全長5メートルほどの昆虫のような生命体の姿。

「か──怪獣ッ──!!!」

『ギギ──ッ！』

昆虫のような怪獣は前足を掲げ、俺たち目掛け振り下ろしてくる。もしマトモにあんな物を受けたら、2人揃って串刺しになってしまうだろう。

「危ないッ！」

俺と赤髪の少女は反射的に身体を動かし、間一髪で怪獣の一撃を回避。

だが避けたからといって危険が去ったワケではない。昆虫のような怪獣は引き続き俺たちへ狙いを定め、ジリジリと詰め寄ってくる。

──俺はこの怪獣を知っている。コイツは通称〝兵隊蟲の怪獣〟。1体だけならそれほどの脅威ではないが、常に群れで行動し軍隊の兵士のように統率の取れた動きで獲物を襲う厄介な習性を持っている。過去には防衛隊が5000匹を超える大群を討伐したこともあったっけ。

つまり──コイツが1体いるということは──。

『ギギ……！』

『ギ……ギ……！』

『ギギギ……！』

俺たちを襲った個体の後ろから、ワラワラと湧いてくる兵隊蟲の怪獣。ひい、ふう、みい――ざっと見回しただけでも、100体以上はいるだろう。

赤髪の少女は冷や汗を垂らし、

「こ、これは……絶体絶命ってやつでしょうか……？」

「クソッ、銃、俺の銃はどこだ⁉」

俺はついさっきまで持っていたはずの突撃銃（パルスライフル）を探す。大群を相手に銃1丁で立ち向かえるワケもないが、あんなオンボロでもないよりずっとマシだ。しかし、周囲にそれらしき物は落ちていない。

「銃って……防衛隊員でもない貴方（あなた）が、銃なんて持ってるワケないじゃないですか！　寝（ね）惚（ほ）けないでくださいよ！」

「いや、そりゃ俺は防衛隊員じゃないが……っていうか、防衛隊（ユニオン）なんてとっくの昔に壊滅しただろうが！」

「だから寝惚けないでくださいってば！　――って、来た！」

俺たちがどうにも噛み合わない会話をしている間にも、兵隊蟲の怪獣は一斉に俺たちへ向かってくる。

ドドドド！という地鳴りを鳴らしながら、津波の如く襲い来る怪獣たち。今更走って逃げてもすぐ追い付かれるのは明白。

俺は死を覚悟したが――――その刹那、大群の中心に何かが落ちてくる。

そして――爆発。まるで隕石かミサイルでも落下してきたのかと思えるほどの大爆発で、十数匹の兵隊蟲の怪獣がバラバラに吹っ飛んだ。その衝撃は凄まじく、発生した衝撃波の余波が離れた場所の俺まで伝わってくる。

――――あれ？

こ、この感じ、なんだかどこかで――――？

「な……なにが……」

「…………本部へ、作戦区域内ポイントエコーにて民間人を確認。数は2名。送れ」

少女の声。

煙の中から立ち上がる人影。

高らかに持ち上げられる大きな剣。

――知っている。俺はあの姿を知っている。あの武器を知っている。

防衛隊の隊員のみが着用を許される強化戦闘服ミョルニル・スーツ。

持ち主の背丈の倍ほどもある巨大な対怪獣用大斬刀。

それらで武装した、可憐な銀髪の少女――。

「……了解。コードネーム〝クレイモア・レイヴン〟、これより救助と殲滅を開始する」

見紛うものか。忘れるものか。

日本で最も多くの怪獣を殺した〝最強の防衛隊員〟。

かつて俺の命を救い、代わりに自らの命を散らした恩人。

そして同時に――子供の頃から共に育った、俺の幼馴染。

「ア――――アズサ――――ッ！」

「ハァァアアアアアアアアアアアアアアアアッッッ!!!」

號ッ！と彼女は大斬刀を振り抜く。

ひと振りで、ひと薙ぎで、全長5メートルある兵隊蟲の怪獣たちがまとめて斬り裂かれる。100匹以上いたはずの大群が、彼女が大斬刀を振るう度に一気に数を減らしていく。

怪獣たちの視点で見たなら、これほど恐ろしい殺戮ショーもないはずだ。

「あ、あの人は……『ホワイト・レイヴン』部隊のエース〝クレイモア・レイヴン〟！

あの強さ、間違いない……本物です……！」

俺の隣で彼女の戦いぶりを見ていた赤髪の少女は、興奮を抑えられないといった様子で目を輝かせる。その瞳に宿るのは憧憬と尊敬。かつて俺が防衛隊員に憧れていたように、きっとこの子もアズサに強く憧れているのだろう。

もっとも、彼女に限らずアズサを見れば誰でも同じ反応をするはずだ。防衛隊日本支部(ユニオン)において最強であり防衛の象徴でもあるエリート部隊『ホワイト・レイヴン』。その隊員は人々にとって英雄であり、超が付くほどの有名人なのだから。

その部隊名に使われるカラス(レイヴン)は神の使いや太陽の化身とさえ言われる八咫烏(ヤタガラス)から取られたものであるが、同じくアズサのコードネームにも入る〝レイヴン〟は最強の部隊である『ホワイト・レイヴン』の中で最も戦果を上げた者だけが名乗ることを許される。

故に彼女は〝最強の防衛隊員〟。日本で最も多くの怪獣を殺した英雄の中の英雄。

そんな人物を間近で見られたら、大抵の人は興奮を覚えるものだ。おまけにアズサはグラビアモデル顔負けの容姿とプロポーションをしていることもあって、若い人々からは特に熱烈な人気があったからな。

だが喜びを露(あら)わにする赤髪の少女とは対照的に、俺はただただ驚愕(きょうがく)し茫然(ぼうぜん)としていた。

「アズサ……どうして生きて……?」

そう、アズサは死んだはずだ。あの時確かに俺を救って、破壊の怪獣に殺された。それがどうして――。

いや、それだけじゃない。彼女が死んで既に10年が経過しているのに、見た目が全く変化していない。17歳ぐらいの容姿のままだ。

同時に、俺はさっきまで感じていた違和感の正体にようやく気付く。

風景だ。周囲の風景――つまり俺たちを囲む街並みやビル群があまりにも綺麗（きれい）すぎる。破壊の怪獣に蹂躙（じゅうりん）などされなかったかのように、倒壊したり上半分が消し飛んだ建物が一切見当たらない。

まるで、俺が少年期を過ごした10年前の東京のようだ。

「これは……なにがどうなってんだ……？」

不意に、俺は顔を左に向ける。視線の先にはビルの鏡ガラスがあり、そこに映り込んだ自分の姿を見てさらに驚かされる。

――若返っている。明らかに。そして服装もさっきまで着ていたボロボロの衣服ではなく、終焉後（アフター・アポカリプス）の前に持っていた懐かしいパーカーだ。

――10年前と同じ姿で現れたアズサ。

――10年前と同じ姿をしている俺。

そして――10年前のように破壊されていない街並み。

まさか、まさかこれは――――。

「本部(HQ)、こちらB(ブラヴォー)中隊第8小隊。こちらでも民間人を確認、保護します」

「こちらB(ブラヴォー)中隊第7小隊！　俺たちはクレイモア・レイヴンへ加勢するぞ！　1匹も逃がすな！　10ミリ高速徹甲弾(HVAP)で奴(やつ)らの顎(アギト)を喰(く)い千切れ！」

そんな声と共に、ババババン！と甲高く響く突撃銃(パルスライフル)の銃声。それと同じくしてミョルニル・スーツを着た戦士たちが怪獣へ向かっていく。

『国境なき防衛同盟(アース・ディフェンス・ユニオン)』――防衛隊(ユニオン)という通称で呼ばれる、怪獣と戦うために組織された対怪獣戦のプロフェッショナルたち。怪獣と戦うための専用装備に身を包み、勇猛果敢に戦いを挑んでいく姿は、かつて俺の憧れだった。

そんな、かつて破壊の怪獣に滅ぼされた憧れが、今こうして再び戦っている。真新しい突撃銃(パルスライフル)を持ち、俺が夢見た姿のままで、人類防衛のために死力を尽くしてくれている。

死線を超えて戦う彼らを見て、俺はほとんど確信を持つ。

パーカーのポケットに入っていたスマートフォンを取り出し、画面を起動。そして思い出すようにおぼつかない手つきで操作し、カレンダーで今日の日付を確認。

――〝２０４１年、5月23日、午後3時30分〟

それが、表示された日時だった。

「……戻って、きたんだ……。あの頃に…………日本が滅ぶ1年前にッ……！」

あり得ないけど、信じるしかない。

信じられないけど、受け入れるしかない。


俺は、戻ったのだ。

11年前に……破壊の怪獣が世界を滅ぼし始める、その前に。

つまり――つまり、俺は〝時間跳躍（タイムリープ）〟したのである。

記憶を引き継いだまま、意識だけが11年前の自分にインプットされたのだ。

とても現実だなんて信じられないが、目の前に広がる光景を見たらそう思うしかない。

だって、失われたはずの全てが元通りになっているのだから。

俺は思わず腰を抜かし、その場にへたり込む。

「マジかよ……こんなことって……！」

「キミ、おいキミ！　大丈夫か!?　しっかりするんだ！」

茫然自失（ぼうぜんじしつ）する俺に対し、防衛隊員の１人が懸命に話しかけてくれる。

……大丈夫かどうかと聞かれれば、全然大丈夫じゃない。だって時間跳躍（タイムリープ）したんだぞ？　過去に戻ったんだぞ？　昔どこかで観（み）た映画みたいに、ジャンプしてすっ転んだら過去に戻ってましたみたいな展開が自分に起きてるんだからな？　心の整理なんてつくワケないだろ！

俺が頭の中で大混乱を起こしている内に、アズサは兵隊蟲（へいたいむし）の怪獣を1体残らず殲滅。緑の返り血でベタベタになった姿でこっちに近付いてくる。

「避難勧告は出ていたはずだ。どうして民間人がまだ――って、シン？」

「よ、よぉ……アズサ……」

俺は驚愕と困惑と感動がごっちゃになり、11年ぶりに再会した幼馴染にそんな言葉しか発せなかった。

アズサは一瞬とても驚いたような表情をしたが、すぐにキュッと口を閉じて顔を逸（そ）らす。

「……本部（HQ）へ、敵怪獣の殲滅を確認。それと民間人の身柄も保護。これより護送する。

――2人共、歩けるか？」

「なんとか、な……。でもまさか、アズサが助けに来てくれるなんて驚い――」

「民間人」

俺の言葉を、アズサがピシャリと遮る。

「私はクレイモア・レイヴンだ。今この場において、それ以外の何者でもない。その名を気安く呼ぶのは許さない」

冷たく言い放つアズサ。怪獣の血に塗(まみ)れた風貌とも相まって、その言葉には威圧感すらある。

そんなアズサは感情を感じさせないほど無表情で俺を見ていたが——直後にプイッと背を向ける。

「……よし、今のは『ホワイト・レイヴン』の隊員っぽかったわよね。クールでいいぞ私。ああでも救助対象がまさかシンだったなんて……！　怪獣の体液でベチャベチャで汚いし臭いのに、最悪……！」

「あの〜……アズ、いやクレイモア・レイヴン……？」

「ハッ⁉　オ、オホン！　なんでもない、少し返り血を拭いただけだ」

まるでキャラ作りするかのように声色を変えて話すアズサ。

ああ……そういえばコイツはクレイモア・レイヴンでいる時は厳格な防衛隊員を演じるようにしてたんだっけ。公私をキッチリ分けるタイプというべきか。

本来なら割と砕けた話し方をするのに、防衛隊員として怪獣と戦う時は他人を寄せ付けない殺戮マシーンみたいになるんだよな。もうそんなことすら忘れかけていた。

そんなアズサだが――ふっと口元を緩ませる。

「でも……無事でよかった、本当に」

冷酷な雰囲気から一転、優しい笑顔を見せるアズサ。その顔を見て、俺はようやく少しだけ平常心を取り戻せた。

「ああ、また助けられちまったな。ありがとよ」

「な、な、なに……!?　貴方、クレイモア・レイヴンとどういう関係なんですか!?　彼女があんな顔するなんて……信じられません！」

赤髪の少女が俺の襟をむんずと摑み、問いただそうとしてくる。

たぶん今のアズサの表情が、イメージのクレイモア・レイヴンとだいぶ違ったのだろう。TVとかネット中継に映るアズサはいつも仏頂面でクールぶってるからな。

「いやまあ、ちょっとした知り合い……みたいな？」

『ホワイト・レイヴン』の隊員は防衛隊によって個人情報がほとんど隠蔽されているから、迂闊に「幼馴染です」とか言えないんだよな。親族にも箝口令が敷かれてるくらいだし。

俺はそう思いつつ、苦笑いを見せるくらいしかできなかった。

それにしても……どこか既視感のある光景のような……。

過去に戻って出来事を追体験してるんだから当然っちゃ当然だが……なんだろう、確かこの後かなり大変なことが起こった……ような……。なんだっけ……？

——そう思った時である。アズサの無線機が鳴り、彼女は耳に指を当てる。

「はい、こちらクレイモア・レイヴン……はい、はい、了解ですライデン隊長。ではすぐに迎撃の準備を」

アズサが無線連絡を終えると、遠く離れた場所でドンッ！という爆発が起こる。

「！　まさか、また怪獣が……!?」

「心配いらない。排除対象が少し増えただけだ」

大斬刀（クレイモア）を握り直すアズサ。

直後に聞こえてくる、ドドドドッ！という無数の足音と地鳴り。

そして俺たちの目に飛び込んできたのは——兵隊蟲の怪獣、兵隊蟲の怪獣、兵隊蟲の怪獣、兵隊蟲の怪獣兵隊蟲の怪獣兵隊蟲の怪獣兵隊蟲の怪獣兵隊蟲の怪獣兵隊蟲の怪獣兵隊蟲の怪獣兵隊蟲の怪獣兵隊蟲の怪獣兵隊蟲の怪獣兵隊蟲の怪獣兵隊蟲の怪獣兵隊蟲の怪獣——。

街を覆い尽くさんばかりの、超大量の兵隊蟲の怪獣の群れ。それはさっきアズサが殲滅（せんめつ）した１００匹程度の比ではなく、おそらく何千匹という単位でいる。それが道路を越えビルを越え、俺たちの方へ向かってきているのだ。

「アレは……！」

「な、なんて数……!?　さっきのなんて比べ物になりませんよ……！」

怪獣だらけの光景に、開いた口が塞がらない俺と少女。

——あ、思い出した。

防衛隊（ユニオン）が５０００匹を超える大群を討伐した時、逃げ遅れた俺はその戦いに巻き込まれたんだ。結果的に怪獣の群れは駆逐されて、俺は戦いの様子を終始眺めていたんだっけ。

そんなタイミングに時間跳躍（タイムリープ）するとか、運が良いのか悪いのか……。

『ギギギッ！』

「第７小隊、第８小隊、迎撃始め！」

アズサの号令と共に、防衛隊員たちが一斉に突撃銃（パルスライフル）を発射する。その１発１発は的確に兵隊蟲の怪獣を撃ち抜いていくが、幾らなんでも多勢に無勢だ。

『ギィーッ！』

銃弾の雨を掻（か）い潜（くぐ）り、いよいよ先陣の兵隊蟲の怪獣がアズサへ襲い掛かる。そして鎌のように尖（とが）った前足が振り被（かぶ）られ、その切っ先は彼女へ迫ったが——それが届くよりも、アズサの大斬刀（クレイモア）が兵隊蟲の怪獣を叩（たた）っ斬る方がずっと速かった。

「私に、指１本触れられると思うな」

緑の返り血を浴びながら、ゾッとするほど冷酷に言い捨てるアズサ。続けざまに大斬刀（クレイモア）

を構え、

「……ミョルニル・スーツ制限第Ⅲ号、制限第Ⅱ号、制限第Ⅰ号解放。グリフォス線出力70パーセント限定解除。強制冷却システム、スタンバイ」

唱えるように、アズサは呟く。

その直後、彼女を包むミョルニル・スーツから白銀色の揺らめく光が放たれる。スーツの素材に使われている怪獣の核が活性化し、グリフォス線が漏れ出ているのだ。

怪獣の核には実に様々な能力が宿っていると言われており、核がその怪獣の特徴を決めているとまで言われている。防衛隊はかなり昔から怪獣の素材を武装や兵器に転用する研究を進めており、中でも怪獣の核を動力源とするミョルニル・スーツは防衛隊を代表する怪獣素材装備と言っても過言ではない。

アズサが着用している高機動型は、特に機動性に優れた怪獣の核を用いた特殊仕様。その力を70パーセントも解き放つということは——。

アズサは揺らめく光をまとい、狙いを定めるようにグッと大斬刀を構えた。

「では根こそぎ駆除しよう————高機動戦術・四型〝疾風〟」

——アズサが動いた。いや、それはもはや消えたと表現した方が正確かもしれない。

目で追うことすらできないその姿は、まさしく暴風雨となって————何千匹もの兵隊蟲の怪獣を、一瞬で撫(な)で斬(ぎ)りにした。

何千という連続の斬撃が刹那の間に繰り出され、兵隊蟲の怪獣を瞬時に絶滅させたのだ。振るわれる刃(やいば)の速度は目にも留まらぬどころか、俺のような常人では瞬(まばた)きする間に怪獣が全て斬殺されたようにしか映らなかったほどである。速い、なんてモンじゃない。

さっきまで怪獣だったモノが辺り一面に転がり、沈黙と静寂が広がる。隣でその光景を見ていた赤髪の少女も唖然(あぜん)とし、

「す……凄(すご)い……凄すぎます……！　これが〝最強の防衛隊員〟の力……！」

「ハ、ハハ……流石(さすが)はクレイモア・レイヴンだな……」

俺はもう、一周回って引き笑いしか出てこなかった。

これが人間のできる芸当とは……一生かかったって真似(まね)できる気がしねーよ……。

殲滅を終えたアズサは大斬刀(クレイモア)を振り抜いた姿勢のまま残身し、同時にミョルニル・スーツが強制冷却(フォースド・クーリング)に入る。彼女の周囲には高熱で蜃気楼(しんきろう)が起こり、シュー！という快音を奏でてスーツの節々から蒸気が立ち昇る。

スーツの冷却を終えたアズサはゆっくりと構えを解いて、

「フゥー……。眼前の敵を殲滅。状況を報告せよ」

「報告！　第9地区にて〝コマンダー・ライデン〟が敵怪獣を殲滅！」

「続けて報告します！　〝ボックス・ルー〟も第3地区で怪獣共を一掃した模様！」

無線連絡を受け取った防衛隊員たちがアズサに向かって報告する。

聞いたことのある——いや、俺もよく知っている名前だ。〝コマンダー・ライデン〟と〝ボックス・ルー〟、どちらもアズサと同じ『ホワイト・レイヴン』に所属するエリート防衛隊員のコードネームである。

どうやら兵隊蟲の怪獣5000匹の討伐にはアズサ以外の『ホワイト・レイヴン』の隊員も投入されているらしく、彼女と同様に凄（すさ）まじい戦果を上げているみたいだ。

「流石だな、ライデン隊長とルー。この感じなら2時間とかからず終わりそうだ」

やや満足気に、アズサは大斬刀（クレイモア）を肩に担ぐ。

「第7小隊、第8小隊、貴官らはこの2人の安全確保を。私は隊長たちに加勢してくる」

「ちょっ、ま、待て！　アズ——クレイモア・レイヴン！」

俺は思わずアズサを呼び止めてしまった。

彼女が——また目の前から消えてしまう。そんな恐怖に駆られて。

だがこれから戦うのは兵隊蟲の怪獣であって、アイツじゃない。

すぐ我に返った俺は、

「え、あっ、いや……気をつけて、な……？」

「あんな雑魚共相手に、この私が遅れを取ることはない。だが……その気持ちは受け取っておこう。ありがとう」

そう言い残すと、アズサはバッ！と跳躍して新たな戦場へ向かって行った。

去り際に「よし、いいトコ見せられたわよね」と小さくガッツポーズを決めていたのは、見なかったことにしておこう。

――この後、『ホワイト・レイヴン』を始めとした防衛隊(ユニオン)の一方的な攻勢によって5000匹の兵隊蟲の怪獣が倒されたのは、たった1時間後のことだった。

『市民の皆様にお伝えします。只今(ただいま)、区内における怪獣の討伐が防衛隊(ユニオン)によって確認されました。怪獣線計測器(グリフォス・カウンター)のグリフォス線出力は0(ゼロ)。現在、街の被害状況を確認しておりますので、市民の皆様はもうしばらく地下シェルターでお待ち下さい』

街中に設置されたスピーカーからアナウンスが流れる。どうやら、兵隊蟲の怪獣が1体残らず倒されたことが確認できたらしい。

あの後防衛隊(ユニオン)に保護された俺と赤髪の少女は、設置されたテントの中で休ませてもらっていた。防衛隊員の皆は親切で、パイプ椅子に毛布(ブランケット)に防衛隊(ユニオン)日本支部名物防衛隊(ユニオン)コーヒーまで用意してくれた。

優しい……温かい……。俺がそんなことを思いながらコーヒーを啜(すす)り、

「ふぅ……生き返るなぁ……」

「ちょっと、まるで年寄りみたいなこと言わないでくださいよ」

隣に座った赤髪の少女が、ジトッとした目で言ってくる。

「なに言ってんだ、お前と比べりゃ俺はもうすっかりおっさんの仲間入りだよ」

「はぁ？　貴方いったい幾つなんですか？　私とあまり変わらないように見えますけど」

おっと、しまった。今の俺は18歳の姿をしているんだった。つい時間跳躍(タイムリープ)する前の感覚で話しちまうな。

俺は話を逸(そ)らすように、

「そ、そうそう！　そういえばお前にはちゃんとお礼を言わないとだよな。あの時お前が起こしてくれなきゃ、俺は今頃怪獣の腹の中だったんだ。本当にありがとな」

「なっ……ふんっ、感謝される筋合いなんてありません。怪獣に殺される人なんて見たくないから……仕方なく助けただけなんですから！」

「それでも危険を顧みずに助けてくれたのは事実だ。お前は凄い奴(やつ)だよ。きっとアズサみたいな隊員になれる」

俺が賞賛すると、彼女は「ふん！」とそっぽを向く。まったく、素直じゃない奴だ。

それにしても……既視感こそあれど、こうして過去を追体験してると「意外と忘れてることも多いもんだ」と思っちまうな。

現にこうして話している彼女の人相はおぼろげに覚えていても、名前が思い出せない。

間違いなく、前にも同じタイミングで同じように会っているのは覚えてるんだけど。

まあ、俺にとって終焉後(アフター・アポカリプス)以前の出来事なんてもう10年も前の話。この10年間で色々なことがありすぎて、逆に覚えていることの方が少ない気もする。それが歳(とし)を取るってことなのか、人の記憶が不便なだけなのかはわからんが。

ただ……この赤髪の少女とは、なにか大事な話をしたような気がするんだよな……。

彼女は片目を開けてチラリとこちらを見ると、

「……名前」

「へ？」

「貴方(あなた)の名前です。まだ聞いていません」

「あ、ああ、そういえば自己紹介してなかったな。俺の名前は蘭堂シンっていうんだ」

「私は弓崎(ゆみざき)セルホ。……シン、貴方防衛隊(ユニオン)に入る気はないですか？」

「俺が……防衛隊員に？」

「私は1週間後の入隊試験に参加するつもりです。そして防衛隊員になって怪獣をたくさん倒して、絶対『ホワイト・レイヴン』のメンバーまで上り詰めてみせるんです」

「！　『ホワイト・レイヴン』って……──！」

今の言葉を聞いて、俺はようやく思い出した。

そうだ、俺の記憶が正しければ、彼女はこの後本当に『ホワイト・レイヴン』の隊員になれたはずだ。期待の新入隊員としてＴＶやＳＮＳで話題になっていたのを、薄っすらと覚えている。

けれど俺は、セルホが戦っている姿を見たことはない。

何故なら彼女が話題になったすぐ後に──破壊の怪獣が日本に現れたからだ。

……きっとセルホにとって『ホワイト・レイヴン』隊員としての初陣が、破壊の怪獣との戦いだったのだろう。あの戦いでアズサを始めほとんどの防衛隊員が戦死したことを考えれば、おそらく彼女も……。

セルホは話を続け、

「本当の本当に難しいことは知ってます。クレイモア・レイヴンのさっきの戦いを見れば、尚更そう思います。でも私には……会わなきゃならない人がいるから」

「会わなきゃならない人って……？」

「私にとって……大事な人ですよ」

そう語る彼女の目には、固い意志が宿っていた。決して冗談や半端な覚悟では言っていない、本当に心に決めていると、俺には一目でわかった。

「……それでシン、貴方は彼女の――クレイモア・レイヴンの背中を見て、なにも感じませんでしたか？」

「！」

コイツ――きっとわかった上で言ってるな。

俺が堪らなく彼らへ憧れていることを。

俺だって、本当はアズサと一緒に戦いたいってことを。

そうだ、そうだよ。前にも似たようなことを言われたんだ。そして奮起した俺は3度目の入隊試験を受けて、結局〝不合格〟の烙印を押された。

『ホワイト・レイヴン』の隊員になれた彼女と比べて、俺は何にもなれなかった。セルホのことを忘れていたのは、ただ惨めな自分を思い出したくなかったからかもしれない。

……もう一度リベンジできたとしても、また同じ結果になる可能性は高いだろう。それに合格できたとしても、いずれまた破壊の怪獣は現れる。

だけど――それでも――そんな煽られ方したら――忘れかけてたなにかに、火が点くだろうが。

「……ああ、俺だってアイツと一緒に戦いたいって思ったよ」

「それじゃ――」

「当然だ。1週間後の入隊試験、俺も受ける。俺だって……防衛隊員になってやる」

「そうこなくちゃ。なら私と貴方は同期であり、ライバルってことですね」

「おうとも。試験で落ちたりすんなよ」

「その台詞、そっくりそのままお返しさせてもらいます」

俺たちはニヤリと笑い、互いにコツンと拳をぶつけ合う。

そんなことをしていると、

「待たせたな、2人共。怪獣は防衛隊が全滅させた。もうすぐ安心して家に帰れるだろう」

数名の防衛隊員を連れたアズサがテントの中に入ってくる。彼女は煤と返り血で汚れており、如何に多くの怪獣を倒したのかよくわかる。

「この後は諸々の後処理が残っているが、2人は防衛隊が責任を持って送り届けることになっている。家までは彼らが――」

「あ、あのっ、もしご迷惑でなければ、後学のために後処理の現場を見せて頂きたいのですが……！」

「え？　それは構わないが……その、なんというか、怪獣の残骸とか見てもあまり面白くないと思うのだが……。それに万が一の危険性も――」

「それでもいいんです！　私は防衛隊員を目指していて、少しでも現場のことを知りたいんです！」

「防衛隊員を……」

セルホの熱意になにか感じるモノがあったのか、アズサは観念した様子で肩をすくめる。

「わかった。なら彼らに案内を任せよう。絶対に傍を離れないこと」

「あ、ありがとうございます！」

アズサは連れてきた防衛隊員たちにセルホの案内&護衛を指示。それを受けた隊員たちはセルホを連れてテントから出て行った。

しかし後処理の現場まで見たいとか、セルホの奴見上げた向上心だな。ありゃ将来大物になれるよ。

セルホを見送ったアズサは「ふぅ……」と一息つき、

「まったく、キラキラした目をしてくれちゃってからに……。私も防衛隊に入る前は、あんな目をしていたのかな」

素の口調に戻る。彼女がこの話し方をするのは、基本的に俺と2人きりになれた時だけだ。

「……ちょっと、シンもなに若者を見つめるおじさんみたいな顔してるのよ」

「別に、セルホは凄(すご)い子だなって思ってさ。でも防衛隊(ユニオン)に入った頃のお前はもっとヤバかったね。キラキラっていうか、ギラギラのメラメラで戦闘民族って目をしてた」

「あ、あの頃はなんてゆーか、それくらいの気概が必要だと思ってただけで……！　もう、からかわないでよね！」

　顔を赤くして恥ずかしがるアズサ。その様子はさっきまでの近寄り難い堅物防衛隊員って雰囲気はまるでなく、年相応の可愛(かわい)らしい少女でしかない。

　これが俺だけがよく知る、彼女本来の性格。アズサは民間人や他の防衛隊員の前ではクレイモア・レイヴンでいることを求められるため厳格な人物を装っているが、その実どこにでもいる普通の感性を持った女の子なのだ。

「冗談だよ、冗談。そういえば他の『ホワイト・レイヴン』のメンバーは？」

「一足先に基地に戻ったわ。皆不完全燃焼って感じだったし、今頃はトレーニングでもしてるかもね」

「あ、あれだけ戦って不完全燃焼なのか……」

　流石(さすが)は日本最強のエリート部隊員たち、フィジカルが違いすぎる……。いや、それで言うならアズサも十分ケロッとした顔してるけど……。

「……お疲れ、アズサ。さっきのお前、凄いカッコよかったよ。〝最強の防衛隊員〟の名は伊達じゃないな」

「それはどーも。っていうか〝最強の防衛隊員〟って呼ぶのやめてよね。そう呼ばれるのあんまり好きじゃないし、私には荷が重すぎるっていうか……」

「それでも投げ出さないのがお前のいいところだ。幼馴染として鼻が高いぞ？」

「ほほ〜う？　なら〝カッコいい〟よりも〝綺麗〟とか〝可愛い〟って褒めてくれた方がアズサさんは喜ぶんだけどな〜？」

アズサはタオルで念入りに顔や髪を拭きながら、悪戯っぽく言う。

もし俺の意識が11年前のままだったら「じゃあキレイで」くらいの軽いノリで話してたと思うが、

「……そうだな。やっぱりお前は綺麗だよ。それに凄く可愛い。こうしてまた会えて、俺は……心の底から嬉しい」

それが、今俺が思う心からの言葉だった。

死んだはずの幼馴染と、命の恩人と会えたんだ。これが奇跡でなくてなんだというのか。

俺にとって、やはりアズサはかけがえのない存在。およそ10年ぶりに見る彼女の顔は、俺にそう再認識させるには十分に魅力的だった。

「んな……っ!? ど、どうしたのシン!? いきなりそんな、真剣な顔で……! そ、そんな風に言われたら……困っちゃうじゃん……!」

顔を耳たぶまで真っ赤にするアズサ。

相変わらず、コイツは「褒めてもいいのよ?」って言う割に褒めると照れるんだよな。

「思ったことを言っただけだが? それよりほら、タオル貸せって。その長い髪の毛拭いてやるから」

「さ、触んないで! あ〜もう、空気読めこの唐変木!」

あー懐かしいなー、昔はよくこうしてふざけあってたっけ。

そんな感じで俺たちが遊んでいると——ピピッとアズサの無線機が鳴る。

アズサは慌てて俺を離して耳に手を当てると、

「は、はい! こちらクレイモア・レイヴン! どうし——え?」

無線機の向こうの声を聞いたアズサは、急に表情を一変させる。

なにかの報告だろうか? しばらく言葉を聞いていた彼女は呆然と立ち尽くし、どんどん顔色が悪くなっていく。

明らかに、様子がおかしい。

「は……い……はい……わかりました……クレイモア・レイヴン交信終了」

「ア……アズサ……？　なにがあったんだ……？　なんだか顔色が……」

俺はアズサを心配して声をかける。

だが彼女は俺の方へ振り向くことなく、

「……『ホワイト・レイヴン』の隊員が…………1人、死んだって……」

第2章　覚醒、そして入隊試験へ

――２０４１年、５月26日、午後７時20分

俺の意識が11年前に戻ってから、早３日が経(た)った。

兵隊蟲(へいたいむし)の怪獣が殲滅(せんめつ)されて以降、街は平穏そのもの。

まだ一部で街の修復や怪獣の死体の除去作業が行われているが、人々にとってそれは日常の光景に過ぎない。

いきなり18歳の頃に戻された俺は最初こそ戸惑ったけど、すぐに11年前の日々に順応していった。記憶を頼りにしていけば、朧気(おぼろげ)でもなんとかなるものだ。

すっかり当時の感覚を取り戻した俺は、人々が行き交う夜の街を歩く。

「……しっかし、なにもかも懐かしいなぁ。人も街も昔入った美味(うま)い飯屋も、本当にあの頃のままだ」

思わず郷愁に浸ってしまう。終焉後(アフター・アポカリプス)を経験してからこの時代に戻ると、日々の生活が如何に恵まれていたかを痛感するよ。

この時代、怪獣が街を襲って破壊することはあっても必ず防衛隊(ユニオン)が怪獣を討伐してくれ

ていた。だから人々は安心して日々を過ごすことができたし、日本の経済は高い水準を保つことができた。

故に、防衛隊(ユニオン)がある限りこの平穏は崩れない。防衛隊(ユニオン)さえいれば大丈夫。そんな神話が、人々の無意識の内に刷り込まれていたのだと思う。そう考えれば、防衛隊(ユニオン)が人々にとってどれだけの精神的支えになっていたことか……。

そんなことを考えながら歩いていると、ビルに設置された大型モニターに映像が映し出される。

――〝『国境なき防衛同盟(アース・ディフェンス・ユニオン)』隊員募集中！　キミの手で、怪獣から未来を守ろう！〟

勇ましい音楽と共にアズサや『ホワイト・レイヴン』のメンバー、そして防衛隊員たちが映り、怪獣と戦う映像が流れる。ひと通りカッコいい場面を見せると、最後に表示される防衛隊(ユニオン)の募集要項。

その映像は全体的にアズサ推しで、彼女が1番目立つように編集されていた。アズサは美人だしスタイルもいいから、こういう広報活動には引っ張りだこなんだよな。もっとも、本人は自分が美人だっていう自覚が薄いからこういうの嫌がるタイプだけど。

「相変わらず仏頂面して……もっと素を出しゃいいのに」

ま、立場がそうさせてくれないのかもしれんが。日本で1番注目される防衛隊員ともなれば、背負うモノも多いだろう。アイツが愚痴を漏らすのもよくわかる。

それにしても……アズサの奴、大丈夫だろうか。

3日前『ホワイト・レイヴン』の隊員が死んだって言ってから、どうにもふさぎ込んだ様子だった。そりゃ同じ部隊の仲間が死んだなんて聞かされたらショックを受けるのが普通だろうが——どうにもおかしいんだよな。

『ホワイト・レイヴン』のメンバーが死んだなんてことになれば、それはもう大ニュースになるはずだ。防衛隊日本支部の最大防衛戦力が1人欠けることになるんだから、その損失は計り知れないはず。

にも拘わらず、メディアやSNSでそういった情報は一切見られないんだよな。防衛隊はなにも公開していないし、俺が調べた限りメンバーが減った様子もない。

なにかの間違いでは——と思いたくもなるが、アズサの様子からして疑う余地もなさそうだし……。

……いや、今そのことを考えるのはよそう。どうせ俺みたいな一般市民では真実など知りようがないのだし、なにより目前に迫る入隊試験のことがある。

「4日後の入隊試験……セルホにあんなこと言った手前、絶対落ちるワケにはいかない。とはいえ具体的な対策方法はなにもないし、どうしたもんか……」

はぁ、と口からため息が漏れる。既に4日後に迫った入隊試験のことを考えると、どうにも気が重い。

セルホに発破をかけられて啖呵を切ったはいいが、実際のところどうやって試験を乗り切るかの方法は思い付かなかった。

——というより、対策のしようがないのである。過去に1度受けていたとしても。
まず第1に、試験内容は毎年必ず更新されて変化するという点。基本的な体力検査など決まっているモノもあるようだが、他になにを行うのかは年度ごとに替わる試験官が決定する。試験官によってどんな部分を重んずるのかも変わり、純粋な戦闘力などよりも高いリーダーシップやなんらかの個性・カリスマ性を求められる時もある。そして、それらチェックポイントの情報は受験生含め外部には一切教えられない。

第2に、非常に高い体力が求められる点。入隊試験で毎年共通して行われるのは筆記と体力検査という至ってシンプルなものだが、そのどちらもが高得点を求められる。特に体力検査、基礎体力や運動神経は並では到底受からない。俺はこれまで受けた3度の入隊試験で筆記は全て問題なかったのだが、体力検査において低評価を貰い続けた。基礎体力や運動神経の低さだけを理由に落とされたこともあったくらいだ。これでもずっと身体は鍛え続けてきたんだけどな……。

つまり防衛隊（ユニオン）が入隊試験で見ているのは、怪獣という脅威と実戦で向き合い、どんな状況に陥っても対応できる頭脳・体力・判断力なのである。

だから敢（あ）えて対策をさせない。何故（なぜ）なら初めから対処法が判明している怪獣など存在しないから。それが防衛隊（ユニオン）の考え方ってワケなのだ。

「2041年度の入隊試験……確かに俺は一度受けてるけど、結局落とされたからチェックポイントなんてわからずじまいなんだよな。覚えてるのは試験官が〝コマンダー・ライデン〟だったってことくらいか……」

――正直に言って、また不採用の烙印（らくいん）を押される可能性は高い。

だがそれでも、俺は諦めるワケにはいかないんだ。

「どんなに難しくたって、俺は防衛隊員になってやる。防衛隊員になって、必ずアズサの隣に立つんだ。そして――〝破壊の怪獣〟を、今度こそ倒す」

俺の記憶と時間の流れが変わっていないなら――今から1年後に、アイツは現れる。

東京を火の海に変え、世界を滅ぼし、俺から全てを奪った憎き相手……破壊の怪獣。

あの怪獣を止められなければ、また悪夢は繰り返されることになる。数え切れない人が死に、防衛隊（ユニオン）は壊滅し、そしてアズサまでもが――。

俺はいつの間にか俯（うつむ）いていた顔を上げ、目の前に広がる夜の東京を見つめる。道行く人全ての顔を見る。スマホを見ながら歩いている若者、笑い合いながら歩いているカップル、酒に酔っぱらって肩を組みながら歩く会社員たち……。

――もし、もし破壊の怪獣を倒せなかったら、今俺の視界に映る全ての人が死ぬ。

人々は死に絶え、ビルは廃墟（はいきょ）と化し、いずれ滅びだけが待つ終焉（アポカリプス）がやって来る。

あんな――あんなのは、絶対に繰り返させてはならない。

「防衛隊員になったからって、破壊の怪獣を止められるとは限らないけど……なにもせずになんていられるかよ……！」

破壊の怪獣の出現を知っているのは、今世界で俺だけなんだ。

なら、俺がやらなきゃ誰がやる。

俺が皆を、世界を、そしてアズサを救ってみせる！

そのために――入隊試験でなんてコケていられない！

俺が、破滅の運命を変えてやるんだ！

俺はグッと拳を握り締め、改めて覚悟を固める。

「……運命、運命か」

ふと思い出す。時間跳躍（タイムリープ）する直前、謎の怪獣の放った言葉を。

〝コンドコソ、ウンメイヲ、カエテクレ……〟

死の間際に言い残した、遺言のような言葉。

結局、アレはなんだったのだろう。そもそもアイツは何者なんだ？　言葉を喋(しゃべ)れる怪獣ってこと以外、結局なにもわからない。

いや……1つだけわかることがあるか。

あの怪獣の名前――〝刻(とき)の怪獣〟。

俺が11年前に時間跳躍(タイムリープ)したのは、アイツが関係していると考えて間違いない。刻(とき)の怪獣なんて大層な名を名乗るくらいだからな。

しかし、時間を操れる怪獣……そんなのが本当にいるのだろうか？

もしいるとすれば、それは防衛隊(ユニオン)にとって――いや人類にとってとてつもない脅威だ。

下手をすれば、破壊の怪獣よりも。

それにアイツ、どうして俺やアズサの名前を……。

「いや、考えても無駄か……とにかく今は入隊試験のことを――」

一旦あの怪獣のことは忘れよう、と雑念を払った――まさにその時だった。

俺の胸の奥が、ドクン！と強く脈打つ。

「うっ……⁉」

あまりにも唐突に発生した鼓動は強烈で、俺は眩暈と立ち眩みを起こす。

心臓が脈打ったのは間違いない。けどこれは動悸なんてレベルじゃなく、まるで胸の奥でなにかが爆発したような巨大な衝撃があった。

なんだ──今のは──？

胸が苦しい。上手く息ができない。全身から冷や汗が滲み出る。

同時に──自分の中に異物が収まっている感覚。

まるで胸の奥にあるのが自分の心臓ではなくもっと異質なモノで、それが息を吹き返したかのような──。

そんな形容しがたい違和感に襲われるのと一緒に、俺の頭の中にとある気配が滑り込んできた。

「───怪獣が──来る───ッ！」

そう感じ取った刹那、ゴゴゴゴという不気味な地鳴りが響き渡る。

地面が揺れ、街中のライトが点滅。道路に亀裂が入り、揺れが最高潮に達した瞬間──

その巨体は地面から姿を現した。

『ショアアアアアアアアアアアッ!!!』

全長はおよそ20メートル前後、銛にもドリルにも見える鋭く尖った鼻先と目のない顔をしており、ずんぐりとした身体と巨大なかぎ爪の付いた前足を持つ怪獣。

姿形からして〝土竜の怪獣〟と呼べるであろうその怪獣は、出現するなりかぎ爪でビルを破壊し始める。

「う、うわあああ――ッ！」

「怪獣っ、怪獣が出たぞおおおおおっ！」

恐怖し、逃げ惑う人々。

だが間に合わず、1人、また1人と襲われ犠牲になっていく。

「どうしていきなり……地中から来たせいで怪獣線計測器が機能しなかったのか⁉」

『市民の皆様にお伝えします。只今、区内に設置された怪獣線計測器によってグリフォス線が検出されました。推定グリフォス線出力は2万。とても高い脅威が予想されます。市民の皆様は、速やかに付近の地下シェルターへ退避して下さい。繰り返します――』

ようやくスピーカーから鳴り始めたアナウンスに「遅えよクソッタレ！」と悪態を吐く。

怪獣の姿を見た俺は反射的に逃げ出そうとしたが――すぐに足が止まる。

……逃げていいのか？　俺はまた、なにもできないままでいいのか？

今、目の前で、人々が怪獣に襲われている。こういう時、誰かを助けられるようになりたいから、俺は防衛隊員に憧れたんじゃなかったのか？

ここで逃げたら――アズサが破壊の怪獣に殺されるのを見ていることしかできなかったあの時と、なにも変わらないじゃねえか……！

俺の足は固まったまま動いてくれない。逃げたいという恐怖と逃げたくないという反発心で、足が言うことを聞いてくれない。

自分の中の葛藤と戦い、動けないでいると――

「パパ……ママ……起きてよぉ～……！」

そんな幼い声が聞こえた。

声のした方向へ振り向くと、幼い子供が両親らしき倒れた2人組を揺さぶっていた。それも、土竜の怪獣のすぐ足元で。

『ショアア……！』

土竜の怪獣の鼻先が、子供へと向く。そして狙いを定めたかのように――巨大なかぎ爪を振り上げる。

「――――ッ!!!」

そんな光景が瞳に映った瞬間、俺の中でなにかが弾(はじ)けた。

――ドクン！と爆発するように胸の奥が鼓動する。

考えるよりも早く身体が動く。あれだけ重かった足が一瞬で地面を蹴り飛ばす。

無意識、いや本能だった。頭の中なんて真っ白だった。

俺は右手の指を手刀のように伸ばし、子供へ迫るかぎ爪へ向けて振り抜く。

そして指先が触れたと思った直後――土竜の怪獣のかぎ爪が、真ん中から叩き折れた。

『ショ――アアアアアアアアアアッッッ!?』

「え……？」

なにが、起こった？　俺は今、なにをした？

どうしてアイツの爪が折れたんだ？　いや、どうして俺は折ることができた？　自分でやったことなのに、まるで理解が追い付かなかった。

俺は自らの右手を見る。指先には鋭利な爪が備わっており、腕全体が装甲のような蒼い鱗と白い体毛で覆われている。それは明らかに人間の腕ではない。

茫然としたまま、助けたはずの子供へ視線を映す。そして目が合った。

「あ……あ……！」

子供はとても怯えた表情で、恐怖に震えている。少なくとも俺が助けに入ったとは認識していないらしい。子供の目はさながら、化物を見ているようでもあった。

なんだ――なにがどうなって――。

不意に、俺は顔を右に向ける。視線の先にはビルの鏡ガラスがあり、そこには俺の姿が映り込んでいた。

全長約2メートル、身体全体が蒼い鱗と棘で覆われ、背中や腕など所々から長く白い体毛が生えている。足は獣を思わせる逆関節になっており、長く伸びた尻尾には無数の棘が付いている。

そしてなにより、顔だ。狼のように鼻と口が前方に突き出て、大きく裂けた口からは剝き出しの牙が見える。頭には2本の角があり、蒼白く光る目はギョロリとしていて極めて恐ろしい。

〝怪獣〟――――それは誰がどう見ても、疑いようのない怪獣の姿だった。

さらに、鏡ガラスに映る怪獣の顔を見た俺の脳裏に、あの時の怪獣の姿がフラッシュバックする。

『刻の……怪獣……！』

そう、同じ顔をしていた。あの時俺を飲み込み、遺言を残し消えていったあの怪獣と。

俺は――俺はようやく、自分自身が〝刻の怪獣〟になってしまったことを自覚する。

『……』

困惑、恐怖、不安、収拾がつかないほど様々な感情が去来するが、どういうワケか精神は落ち着いていた。とても、とても不思議な心地だった。

改めて、子供と倒れる両親へ目を向ける。両親2人は破壊されたビルの瓦礫に押し潰されたらしく、血を流したままピクリとも動かない。これは、もう……。

そんな惨たらしい姿を見て、頭の中でかつての自分の姿と重なる。瓦礫に足を潰され、アズサに助けられたあの時と。自分は助かったのに、彼らは——。

すぐに怒りが湧き上がる。それは噴火する火山のように止めどなく、徐々に殺意へと変わり、そして闘争心となって心を燃え上がらせていく。

『ォォォォォォォオオオアアアッッッッッッ!!!』

咆哮。黒煙が立ち昇る夜空に向かって、大音量の咆哮を上げる。その音は高周波となって周囲のビル群の窓ガラスを軒並み粉砕し、振動で大気を震わせた。

コロセ———コロセ———殺セ———ッ！

闘争本能の赴くままに、俺の足は1歩、また1歩と土竜の怪獣へ向かう。炎と黒煙が舞う中を、地面を踏み砕きながら進む。

『ショ、ショアア……ッ！』

怯えている。恐れている。俺を。

同じ怪獣だからなのか、土竜の怪獣が今なにを感じているのか手に取るようにわかる。20メートルの巨体が、俺を前にして慄いている。

『ショアアアアアアアアアアッ！』

かぎ爪の残ったもう片方の前足を振り下ろし、こちらを叩き潰そうとする土竜の怪獣。

だが俺は巨大なかぎ爪を左手だけで容易く受け止める。そして間髪入れずに右手の4本の爪でカウンターを入れると、土竜の怪獣の前足は緑色の血を吹き出しながら千切れ飛んだ。

『ショアアアア!?　アアアアアッ！』

土竜の怪獣は後ろに仰け反り、痛みを感じているのか絶叫しながら暴れ回る。

そうか、そんなに痛いか。だったら――すぐ楽にしてやる。

俺は長い尻尾を地面に突き刺し、ぐっと屈んで全身にパワーを溜める。胸部の核が高熱を帯びて発光を始め、身体中から蒼白いグリフォス線が漏出し、オーラのように辺りを漂う。

『市民の皆様にお伝えします。只今、区内に設置された怪獣線計測器によって非常に高いグリフォス線が検出されました。推定グリフォス線出力は10万。極めて高い脅威が予想されます。市民の皆様は、速やかに付近の地下シェルターへ退避して下さい。繰り返します

『──』

スピーカーから新しいアナウンスが流れる。

へえ、俺の数値はそんなに高いのか。

だったら──1発あれば十分だな。

『ォォォオオオオオオオオオオッッッ！』

グググッと右腕を振り被り、溜めたパワーを一気に解き放つ。

全体重が乗った地面は大きく砕けて陥没。土竜の怪獣の懐目掛けて飛び込み、握り締めた拳で土竜の怪獣を思い切り殴り付けた。

──20メートルある巨体の、上半身が消し飛ぶ。破裂するように腹部から上が吹き飛び、核ごと粉砕。それはまるで弾けた水風船のようだった。

傍から見れば、飛び込んだ俺の身体は電磁砲かなにかで放たれた砲弾のようですらあったことだろう。土竜の怪獣は断末魔すら上げる暇もなく、残った巨体の一部はぐらりと姿勢を崩して倒れ去った。

『ハァ……ハァ……』

俺はすぐにグリフォス線を収束させ、地面に膝を突く。

──凄まじい、力だ。

あんな大きな怪獣を、いとも簡単に倒してしまった。

だが俺にはわかる。俺はこの身体をまるで制御できていない。まだまだ使いこなせていない。今のは怪獣の本能に任せて動いただけだ。

身体は疲労感など微塵も感じていないのに、精神が憔悴し切っている自分がいる。少しでも気を抜いたら気絶してしまいそうだ。

でもまだダメだ。まだあの子を——。

俺はさっきの子供へと向かって歩く。きっと両親が死んでしまったことにすら気付いていないのだ。すぐにでも保護しないと……。

そう思って子供へ近づくが、

「ひっ……！　パパ、ママ！　起きて！　目を覚ましてよ！　怪獣が、怪獣が来る！　怖いよぉ、助けてよぉ……！」

子供は怯え切った様子で、もう起きることのない両親にしがみ付く。

それはさっきの土竜の怪獣を指して言っているのではない。俺を指して言っているのだ。

『あ……』

子供に向かって伸ばそうとした自分の手を、もう1度見る。

人間とはなにもかもが異なる怪獣の手。こんな手では、きっと触れるだけで子供を傷つけてしまうだろう。

途端に、俺は恐ろしくなる。

違う——違うんだ——俺はキミを——。


「……その子から離れろ、醜い怪獣め」


背後から少女の声が聞こえた。

俺にとって親しみのある、聞き慣れた幼馴染(おさななじみ)の声。

だが今の一言には、明確な敵意と冷血さがあった。

アズサ——振り向くと、そこには大斬刀(クレイモア)をこちらに突き付けた彼女が立っていた。

『アズっ……！』

「その子には指1本触れさせない。お前の相手はこの私だ」

怪獣出現の報を聞いてやって来たであろうアズサはミョルニル・スーツと大斬刀(クレイモア)で完全武装しており、俺のことを敵と認識しているらしい。

しまった、怪獣が現れれば防衛隊(ユニオン)がやってくるのは当然。迂闊(うかつ)だった——！

「本部(HQ)へ、コードネーム・クレイモア・レイヴン、これより救助と殲滅(せんめつ)を開始する」

アズサは大斬刀を構え、斬りかかってくる。動いた、と思った瞬間には間合いを詰められ、刃が眼前に迫る。

速い――ッ！　これが〝最強の防衛隊員〟の動き――！

俺はギリギリのところで身体を反らして回避するが、避けたと思った直後には次の一太刀が飛び込んでくる。手の爪を使ってなんとか刃を弾くが、弾いた衝撃で腕全体がビリビリ痺れて震えを覚える。

さっきの土竜の怪獣なんて比較にもならないほどの強さ。かつては俺を助けてくれた刃が、今度は俺に向けられる恐怖。

なんとかして、早く誤解を解かないと――！

しかしそんな想いとは裏腹に、アズサはこちらが話す隙すら作ってくれない。

最後に振り下ろされる兜割りの一撃。俺はそれを両手で受け止め、真剣白刃取りの態勢のままなんとか膠着状態に持ち込む。

『ぐう……！』

「この……怪獣風情が……！」

鬼気迫る表情で両手に力を込め、俺を叩っ斬ろうとしてくるアズサ。一刻も早く攻撃をやめさせないと、本当にこのまま殺されてしまう。

とはいえ、なんて説明したらいいんだ……⁉　人が怪獣になったなんて話、簡単に信じてくれるはずがないし……！

それに……怪獣になってしまったなんて、アズサだけにはとても――。

おそらく、今この瞬間しか言うタイミングはない。だがどうしても言い出せなかった。

かつて一緒に防衛隊員を夢見て、自分の命に代えてでも一般市民を守ろう、そんなことを話して笑い合った幼馴染にだけは――俺がお前の敵になっただなんて――。

「怪獣は……殺す……」

『――？』

「怪獣は全部殺す。１匹残らず殺す。あの子からも私からも、大事な家族を奪った怪獣を……生かしておいてやるものか……ッ！　お前ら、お前ら皆死ねッ‼︎」

怒りと憎悪に染まり切った瞳で、アズサが叫ぶ。

きっと自分の母親が喰い殺された光景と、子供の両親が死んでしまった今の状況が重なって見えるのだろう。

『クソッ……！』

とても話せる状態ではないと判断した俺は大斬刀を弾き、逃走を図る。

アズサ相手にスピード勝負なんて分が悪いけど、なんとか隠れて人間に戻る方法を探せば――！

逆関節の足を生かし、全力で駆け出そうとした瞬間、

「逃がさない」

背後で、そんなアズサの声が聞こえた。

その直後、ドスッ！という音が背中から響く。

『え……？』

同時に胸部の核を突き破って、大きな大斬刀（クレイモア）の剣先が現れた。

『か――は――ッ！』

しまった――核を――ッ！

俺は口から青白い血反吐（ちへど）を吐き、大斬刀（クレイモア）も引き抜かれる。

核を破壊されれば、怪獣は死ぬ。きっと俺だって例外じゃない。

その場に倒れた俺はすぐに意識が遠くなっていき、視界が霞（かす）んでぼやけてくる。

嘘（うそ）だろ……こんなところで……せっかくこの時代に戻れたのに……。

それに………どうして俺が…………アズサに…………。

心の中でその名を呼ぶ俺の目に、どこまでも冷酷な顔をしたアズサが映る。彼女は大斬刀（クレイモア）を掲げ、俺の頭を叩（たた）き潰そうとしている。

そして躊躇なく大斬刀は振り下ろされ——自分の頭が潰れる音を聞いて、俺の意識は途絶えた。

◷　◶　◵　◴

「————さい————ください————」

誰かの声が聞こえる。

たぶんまだ若い女性の声だろう。

「——ください——起きてくださいってば——このっ、起きろって言ってるじゃないですかッ！」

バチーン！と爽快な音を立てて俺は頰を引っぱたかれる。

「はぶぁ⁉　な、なんだ——⁉」

「この寝坊助、ようやく起きましたね！　走れますか⁉　走れますよね⁉　すぐ逃げますよ！」

そう叫んで俺の胸ぐらを摑むのは——赤髪をツインテールに結んだ可愛らしい少女。

とても見覚えのあるその顔は、

「セ……セルホ……？　どうしてここに……？」

そう、俺の頬を叩いて目を覚まさせたのはセルホだった。

おそらく、気を失った俺を起こしてくれたのだろう。

なんか、前にも同じようなことがあったな。デジャヴか？

「⁉　貴方（あなた）、どうして私の名前を知って――っ、危ないッ！」

セルホは俺の服を掴み、なにかから緊急回避する。

『ギギ――ッ！』

直後、鎌のように鋭利な足が俺たちのいた場所に振り下ろされる。

その足と鳴き声を聞いた俺は、ようやく事態を理解できた。

「兵隊蟲（へいたいむし）の怪獣……⁉　コイツら、アズサたちが全滅させたはずじゃ……⁉」

俺たちを襲ったのは、３日前に５０００体という大群で現れた兵隊蟲の怪獣だった。さらに辺りを見回すと、１００体以上の個体がいるらしい。

どうなってんだ……？　まだ生き残りがいたってことか……⁉

いやそれ以前に、俺は土竜の怪獣を倒した後アズサと戦って――

「――ッ！」

思い出す。自分がなにをしたのか。自分がどうなったのか。

俺は、怪獣になってしまった。恐ろしい姿をした〝刻（とき）の怪獣〟に。そしてアズサに核を貫かれて、トドメに頭を潰された。

そうだ、俺は死んだはずだ。殺されたはずなのだ。

なのに、何故生きている――？

俺は自分の全身を見下ろしてみる。するとそこにはどう見ても人間の身体があり、元々の生身に戻っていた。

「ど、どうなってんだ……俺は……俺は……ッ!?」

「ちょっと、しっかりしてください！　って、来た！」

『ギギギ――――ッ!!!』

兵隊蟲の怪獣は一斉に俺たちへ向かってくる。

ドドドド！という地鳴りを鳴らしながら、津波の如く襲い来るが――――その刹那、大群の中心に何かが落ちてきた。それによる爆発で、十数匹の兵隊蟲の怪獣がバラバラに吹っ飛ぶ。

――あれ？　この光景は――。

俺は妙な胸騒ぎを覚える。

似ている。そっくりだ。この状況自体が、あまりにも同じなのだ。

俺が11年前に時間跳躍した、３日前のあの時と――。

「…………本部へ、作戦区域内ポイントエコーにて民間人を確認。数は２名。送れ」

少女の声。

煙の中から立ち上がる人影。

高らかに持ち上げられる大きな剣。

「……了解。コードネーム〝クレイモア・レイヴン〟、これより救助と殲滅を開始する」

そんな台詞と共に現れた人物――それは他ならぬアズサだった。

彼女は登場するや兵隊蟲の怪獣の殺戮を始め、辺り一面が緑色の血の海となっていく。

「本部、こちらＢ中隊第８小隊。こちらでも民間人を――！」

「こちらＢ中隊第７小隊！　俺たちはクレイモア・レイヴンへ――！」

少し遅れて他の防衛隊員たちもやって来る。

俺はパーカーのポケットに入っていたスマートフォンを取り出し、カレンダーで今日の日付を確認する。

――〝２０４１年、５月23日、午後３時30分〟

「……戻ってる……３日前に…………時間跳躍した時に……！」

頭の中で、刻の怪獣の言葉がもう一度フラッシュバックする。

〝オレハ、マタ、シッパイシタ……。オレハ、マタ、カエラレナカッタ……〟

〝オレノ、チカラヲ、オマエニヤル……〟

〝ダカラ……ダカラ、ドウカ……コンドコソ、ウンメイヲ、カエテクレ……〟

そうか――これが――これが刻(とき)の怪獣の、真の力なのか――。

刻(とき)を巻き戻す力。何度でもやり直す能力。

俺は理解する。刻(とき)の円環(ループ)という場所で生息する、異質なる理(ことわり)の中を生きる怪物。それこそが刻(とき)の怪獣という生命体なのだと。

やり直せ――何度でも――何度でも何度でも――何度でも――!

一度定まった運命を、怪獣の力で壊し尽くすまで――!

「そ……そうか……そういうことか……ハハハ……!」

ようやく、あの遺言の本当の意味がわかったよ。

お前は俺にとんでもない力をくれたってワケか。

この力で、お前みたいに心が擦り潰されるまで戦えって。

どれほど自分を犠牲にしようと、必ず運命を変えてみせろって……！

俺が刻(とき)の怪獣の真意を汲(く)み取っていると、

「避難勧告は出ていたはずだ。どうして民間人がまだ——って、シン？」

周囲の兵隊蟲の怪獣を全滅させたアズサが、大斬刀(クレイモア)を担いでやってくる。

「ア、アズサっ……」

血塗(ちまみ)れの彼女を見て、俺は反射的に後ずさりしてしまう。

アズサに正体がバレてはいけない。俺が戦うべき相手は彼女ではないんだ。

俺は、彼女の敵にだけはなりたくない——。

自然と彼女と距離を置いてしまった俺を見て、

「な……そ、そんな目で見ないでほしい……。私だって、好きでこんな……」

アズサは気まずそうに緑色の血を拭う。

決してアズサを避けたいという意図はなかったが、どうやら俺の目はそうとう強い警戒心を持っていたらしい。その目が彼女を傷付けてしまったようだ。

「え？　あっ、いや……そういうつもりじゃなくて……！」

俺は言いかけるが、その瞬間にアズサの無線機が鳴る。

「はい、こちらクレイモア・レイヴン……はい、はい、了解ですライデン隊長」

すぐに無線連絡は終わり、

「……民間人、そこで大人しくしていろ」

それだけ言い残すと、アズサは跳躍して去って行ってしまった。残りの兵隊蟲の怪獣を倒しに行ったのだろう。

この1時間後に兵隊蟲の怪獣は駆逐され、俺とセルホは防衛隊（ユニオン）に保護される。

防衛隊員の皆は親切で、パイプ椅子に毛布（ブランケット）に防衛隊（ユニオン）日本支部名物防衛隊（ユニオン）コーヒーまで用意してくれた。

そしてテントの中で、俺とセルホは一緒に入隊試験を受ける約束をしたのだった。

そう、前世界線の時と同じように。

◷　◶　◵　◴

――２０４１年、5月26日、午後7時25分

「う、うわあああ――ッ！」

「怪獣っ、怪獣が出たぞおおおおっ！」

恐怖し、逃げ惑う人々。

全長はおよそ20メートル前後、銛(もり)にもドリルにも見える鋭く尖(とが)った鼻先と目のない顔をしており、ずんぐりとした身体と巨大なかぎ爪の付いた前足を持つ怪獣。

姿形からして〝土竜(もぐら)の怪獣〟と呼べるであろうその怪獣は、街中に現れるなりかぎ爪でビルを破壊していく。

「パパ、ママ！　怖いよぉ！」

「大丈夫よ！　大丈夫だから、目を瞑(つぶ)ってなさい！」

「早く、地下シェルターへ急ぐんだ！」

1組の親子が、降り注ぐ瓦礫(がれき)の中を走る。父親は子供を抱きかかえ、母親は必死に子供をなだめる。父親も母親も恐ろしくてたまらないはずなのに、絶対に我が子を見捨てようとしない。

だが、そんな彼らの頭上に破壊されたビルの瓦礫が迫る。この3人など簡単に押し潰せるであろう大きなコンクリートの塊。父親が頭上のそれに気付いた時には、もう避(よ)けることなど不可能だった。

咄嗟(とっさ)に、父親は抱きかかえた子供を放そうとする。せめて我が子だけでも助けようと。

しかし――――それよりも速く、頭上の瓦礫は粉々に砕かれた。

「え……？」

きっと死を覚悟したであろう父親は茫然とする。

困惑を隠せない彼らの傍に着地したのは、1体の怪獣。

ビルの鏡ガラスに映るその姿は身体全体が蒼い鱗と棘で覆われ、頭には2本の角がある。

大きく裂けた口からは剝き出しの牙が見え、蒼白く光る目はギョロリとしていて極めて恐ろしい。

『……』

その怪獣は親子に背を向けていたが、まるで彼らの無事を確認するかのようにチラリと流し目を送る。そして恐ろしい顔に少しだけ安堵を浮かべたかと思うと、

『オォォオオオオオオオオッッッ！』

雄叫びを上げ、土竜の怪獣へ吶喊していく。

そして、一撃。飛び込むように振り下ろされた4本の爪は、その巨体を身体の中心から真っ二つに引き裂いた。

噴水のように噴き出る緑色の血。左右に倒れていく半身と半身。まさに瞬殺である。

その驚異的な光景を見ていた父親と母親は完全に腰を抜かし、その場にへたり込む。

だがすぐ後に、

「こちらクレイモア・レイヴン、民間人の生存者を確認！　保護します！」

武装したアズサと数名の防衛隊員たちが現場に到着。

彼女たちの姿を見た蒼い怪獣は、逃げるように去っていく。

「アレはっ——逃がすか！」

「ダ、ダメ！」

大斬刀（クレイモア）を構えて後を追おうとするアズサを、子供が止めた。

子供は父親から離れると、なんとしてもアズサを行かせまいと彼女の足にしがみつく。

その小さな手を震わせて、涙ながらに訴える。

「あの怪獣は、あの怪獣は僕たちを助けてくれたよ！　怪獣が助けてくれたんだ！」

◷　◶　◵　◴

——2041年、5月30日、午前10時15分
「……いよいよこの日がやってきたな」

両手を腰に当て、大きく深呼吸をする。

入隊試験の本試験会場、防衛隊中央基地（ユニオン）。その正面入り口を前に、俺は意気込む。

今日が遂（つい）に入隊試験の本番。俺にとって4度目の挑戦となる。あ、いや正確には2回目

の3度目の試験なんだけど。地味にややこしいな。

……正直に言えば、本当に入隊試験を受けるかはだいぶ悩んだ。だって俺は怪獣になってしまったのだから。

怪獣であることがバレれば殺されることは間違いない。それになにより……怪獣に人を救う権利などあるのか、と。

でも土竜の怪獣から親子を助けた時に思った。やっぱり俺は怪獣の脅威から人々を守る存在でありたいと。子供の頃からの夢を、やっぱり叶えたい。その想いは少しも変わらなかった。

それにいずれ来たる破壊の怪獣との決戦を考えれば、防衛隊員になった方がアズサを守りやすくなるだろう。できるだけ彼女の近くにいた方がいいはず。

だから、今回は絶対に受かってみせる。少なくとも身体能力に関して、低評価を貰うことはもうないだろうからな。この1週間で色々と扱えるようになったし。

もっとも周りは防衛隊員ばっかりなんだから、できるだけ目立たないように……。

「そう、俺はしがない一般受験生……どこにでもいる防衛隊員志望のパンピーヒューマン……決して怪獣などでは……」

「基地の入り口でなにしてるんですか、不審者受験生さん」

唐突に背後から声をかけられた。

心臓、ではなく核が口から飛び出るほど驚いた俺は、

「ドワアッ⁉　セ、セルホ……！」

「おはようございます、シン。貴方(あなた)の後ろ姿、本番を前にビビってるのが丸わかりですよ。男の子なんだから少しはシャキッとしてください」

振り向くと、そこにはセルホの姿があった。

たしかに身バレを心配する俺とは対照的に、彼女の立ち振る舞いは威風堂々としている。

「わ、わかってるよ……まるで母ちゃんみたいなこと言うな」

「誰が母ちゃんですか、誰が。というかその言い草、もしかしてシンってば年下の女の子に甘えたい願望でもあるんですか～？」

「いや、スマンが全然。お前もせめて、アズサくらい色気を身につけてからそういうこと言おうな」

「んなっ⁉　なんですって！　バ、バカにしないでください！」

「ハハハ、安心しろよ。お前ならあと3年もすれば身につくだろうさ。そんじゃ、また後でな」

俺は「なんですか、シンのアホ！」と叫ぶセルホを尻目に受付へ向かう。

……なんだか、ちょっと勇気付けられた気分だ。

正体がバレることを恐れて神経質になっていたのに、セルホの顔を見たらいい意味で気が抜けてしまった。

入隊試験に無事受かったら、アイツにはちゃんと礼を言わないとな。

そんなことを思いつつ歩を進めていると——試験会場に向かうアズサを見つける。

アズサは防衛隊(ユニオン)の女性用制服に身を包み、手にはバインダーファイルを抱えている。彼女も試験官補佐として参加するためだ。

「お！　アズサ、おーい！」

「！　シン……」

向こうも俺に気付いてくれたらしく、立ち止まって待ってくれる。

俺はすぐに駆け寄って、

「今日はいよいよ入隊試験だな！　今回こそちゃんと受かってみせるから、しっかり見といてくれよ凪千代(なぎちよ)試験官補佐殿！」

「あ……う、うん……わかってる……」

威勢よく未来の上官殿へ挨拶する俺だったが、対するアズサはどうにも浮かない表情だった。２人きりということもあって、砕けた接し方になってくれてはいるが。

「……大丈夫か？　なんか疲れてるみたいだけど……」

「最近ちょっと色々あって。……ねぇシン、怪獣が人を助けるってあり得ると思う？」

ギクリ、とする俺。それはたぶん4日前のアレを言っているのだろう。

「な、なんだよ唐突に……。どうしてそんなこと聞くんだ？」

「4日前、街中に土竜の怪獣が現れたでしょ？　その時、それとは別な怪獣に助けられたって言い張る一家がいたの。見間違いだって言っても聞かなくて……」

「へ、へぇ〜……そりゃ奇妙なこともあるモンだな〜……。ま、まあ怪獣なんて色々いるし、そういう物好きもいるんじゃないか？」

シラを切る俺。そりゃ「その怪獣、実は俺なんだぜ！」なんて言えるワケないしな……。無難に流しておこう……。

そんな風に考えていたのだが、

「……いるはずない、そんな怪獣」

「アズサ……？」

「全ての怪獣は人間の敵。殺すか殺されるか、それしかない。だから母さんは怪獣に殺された。私は……人を助ける怪獣なんて信じない」

どこか思い詰めたように語るアズサ。

……やっぱり、アズサにとっては絶対に許せないのだろう。母親を目の前で殺した、怪獣という存在が。彼女にとって怪獣とは悪であり、例外などいないのだ。

「……アズサ、1人で色々悩んで抱え込もうとするのはお前の悪い癖だ。今度久々に飯でも行こうぜ。考えすぎるのもよくないだろ」

「うん……ありがとう、シン」

ようやく少しだけ笑みを浮かべるアズサ。

しかしすうっと息を整えると、

「ところで蘭堂シン受験生、時間は大丈夫なのか？　そろそろ受付終了の時刻だと思うのだが？」

「え？　あっ、やっべッ！」

スマホの画面を見ると、いつの間にやら受付終了の3分前。急いで行かないと間に合わない。

「じゃ、じゃあなアズサ！　俺が幼馴染だからって逆贔屓すんなよな！」

「なによ、逆贔屓って。本当にちょっとは期待してるんだから、いいとこ見せてよね！」

最後にそんな言葉で送り出された俺は、ギリギリで受付に滑り込んだ。

あと1分遅れていたら試験を受ける前に落とされていたかも、とはセルホには言わないでおこう。

「――2041年度防衛隊入隊試験へ挑む受験生の諸君。初めまして、私は本日試験官補佐を担当する『ホワイト・レイヴン』部隊所属の〝クレイモア・レイヴン〟。まずは、怪獣と戦う危険を顧みず防衛隊員へ志願してくれた諸君らに感謝を述べたい。今日は集まってくれてありがとう」

演台に立ったアズサが、さっきとは打って変わって凛とした表情で語る。

――入隊試験受験生1000名、それがこの会場に集まった志願者の数だ。誰も彼もが瞳に燃えるような意志を宿し、本気でこの試験に挑んでいるのが見て取れる。

「だが諸君らも知っての通り、怪獣との戦いは過酷だ。我々は怪獣と戦争をしているのであり、戦場で生き残れる者のみを防衛隊は欲している。生き残る力のない者は防衛隊には必要ない。その選別のために入隊試験に厳しい審査が存在していることを、諸君らも理解してくれていると思う」

会場には張り詰めた緊張感が漂い、1人1人がアズサの一言一句に耳を傾ける。

進んで防衛隊に入ろうとする者の中には、怪獣に身内を殺されたり故郷を蹂躙された経験を持つ者も少なくない。そんな者たちにとって、彼女の言葉は痛いほど身に染みるはず。それは、俺とて例外ではない。

「……最終的に、この場にいる中で200名のみが入隊を許されるだろう。その者たちは血と硝煙の匂いが充満する戦場へ身を投じ、この世の地獄を垣間見（かいまみ）ることとなる。それでも諸君らが防衛隊（ユニオン）の旗を掲げ、戦友と市民の命を背負いたいと言うならば、楽をできたのは昨日までだ。明日からは、諸君らが地獄の中で道を拓（ひら）く」

「「「………」」」

「今一度、諸君らに問おう。絶望という暗闇の中を、希望を胸に突き進む覚悟はあるか？　どう足掻（あが）いても絶望しか見えない戦場の中で、その絶望すら打ち砕く希望を、人々に示し続ける覚悟はあるか？　もし覚悟がないのなら、この場で試験を辞退せよ」

それは最後通告だった。もし怪獣と戦うのが怖ければ、一線を越える前に諦めろと。

しかし彼女の言葉を受けて、会場を後にする者は1人たりともいない。

むしろ——受験生たちの高揚感が、頂点に達したのを感じる。

俺すら自然と口角が吊（つ）り上がり、武者震いを覚える。

まったく……アズサの奴（やつ）、柄にもないこと言いやがる。お前はそういうこと言うキャラじゃないだろうが。言わされてるだけなのかもしれんが、それにしちゃ演技が上手（うま）すぎるってのｊ。

受験生たちが誰1人去ろうとしない光景を見たアズサは、

「……よろしい。では私からの挨拶は以上だ。引き続き試験官担当の――」

「――善ッ！　今年の受験生はガッツがあるなッ！」

アズサの紹介が終わるよりも早く、彼女の真後ろに立つ大男の姿。

隆々とした筋肉と190センチを超える背丈を持ち、バキバキに割れた腹筋を見せつけるように半裸の上に防衛隊制服の上着を直接羽織っている。そしてツンツンオールバックの青い髪と、なんとも個性的なサングラスで目元を隠したマッチョで渋いナイスミドル。

現れたタイミングがタイミングなだけに不審者感が凄まじいが、この人物もアズサに負けないくらいの超有名人だ。

彼はビシッとマッスルなポーズを決め、

「若き希望たちよ！　皆の瞳に、これから怪獣と戦うのだという強い気概を感じるぞ！　キミたちを見ていたら、私の正義の心も燃え上がってしまった！」

「ライデン隊長……せめて進行の順番くらいは守ってほしいのですが……。それと一々ポーズ決めないでほしいと常々……」

「ハッハッハ、それはすまないなレイヴン隊員！　だが真っ赤に滾る若き血潮を前にして、こちらも全力で向き合わねば無作法というものだろう！」

デカすぎる上腕二頭筋を掲げてフロントダブルバイセップスのポーズを決め、高らかに笑う大男。しかしデカすぎて固定資産税かかりそうだな。

そんなボディビルダー顔負けの大男の登場に、会場はザワッと沸き立つ。

「コマンダー……コマンダー・ライデンだ……！」

「あれが、あらゆる戦いを勝利に導いてきた『ホワイト・レイヴン』の隊長……！」

「クレイモア・レイヴンが現れるまでは、20年間も〝最強の防衛隊員〟の座を守り続けてきた伝説の英雄……！」

一気に会場の空気を掴んだコマンダー・ライデンは演台中央に立ち、

「未来の防衛隊員たちよ！　私の名はコマンダー・ライデン！　本年度の試験官はこの私が担当する！　キミたちにとって、私の自己紹介など既に不要だろう！　私もキミたちの闘志を見るのが待ち切れん！　故に、さっそく試験へ移ろうじゃないか！　各員の……健闘を祈るッ！」

コマンダー・ライデンの激励によって、試験は始まりを告げる。

けど、この時——俺はまだ知らなかったんだ。

２０４１年度防衛隊入隊試験。この試験が、俺にとって大いなる意味を持つ岐路になるなんて――。

◷　◶　◵　◴

「はっ……はっ……！」

第1試験の筆記を終えた後の第2試験・体力検査。グラウンドでの長距離走、障害走、腕立て伏せ、腹筋、シャトルラン、懸垂、屈み跳躍――それら全てがほぼ休みなく実施される。

ここで基礎体力を測り、少なくとも受験生の半数が落とされるのだ。つまり1000名中残れるのは500名のみ。

前々世界線の時はこの体力検査で低評価を受け、俺は防衛隊員になれなかった。で、今は長距離走をやっている最中なのだが――俺は先頭を走っていた。それも余裕の表情で。前の時はほとんどケツの方にいたのに。

「よしっ……これなら……！」

――やっぱり上手くいってる。刻の怪獣の力をある程度調整できてる。

2度目の時間跳躍からの1週間、俺は怪獣の力をどれだけ使いこなせるかに時間を注いだ。結果として身体の内側、正確に言えば筋肉の部位に怪獣の力を込めるみたいなことができるようになった。これならグリフォス線が漏れる心配もないし、気を抜かなければ全身が怪獣になってしまうこともない。

とはいえ、まだまだ微調整まではできていない気もするけどな。自分自身、怪獣の力に慣れていないような感覚が残ってる。もっと時間をかければ馴染むことができると思うのだが、如何せん日数が足りなかった。

そう思いながら走っていると、

「あっ、貴方っ……そんなに体力ある人だったんですね……っ」

後ろからセルホが追い付いてくる。

彼女はやや息を切らし気味だが、余裕のある表情を崩していない。

「まあな、けどそりゃこっちの台詞だ」

「『ホワイト・レイヴン』に入るんだったら、これくらいできなきゃ……！」

本当に勝気な奴だ。もっとも、それだけ本気で目指してるってことだろう。

でもその気持ちは、俺だって負けてない。

「それじゃ俺とお前で競争だな。どっちが体力検査でトップを取れるか……！」

「望むところです！　1番になるのは私ですから！」

スピードを上げる俺とセルホ。

結局体力検査の間ずっと互いをライバル視し続け、全ての項目を終える頃には2人揃って最優秀者となっていたのだった。

1時間の休憩を挟み、結果発表。そして残った500名は次の試験に移る。

グラウンドでの検査は一旦終わり、着替えをさせられた俺たちは大型輸送ヘリに乗せられる。そして基地を出て——山岳地帯にある演習場へ連れてこられた。

「善！　それでは第2試験を潜り抜け、ここまでやってきた勇士たちよ！　これより第3試験、悪路走破試験を実施する！」

コマンダー・ライデンが受験生たちに宣言する。

その隣にはアズサの姿もあり、俺としても身が引き締まる。

「ルールは簡単！　約50キロの重量物が入ったバックパックを背負い、通常の防衛隊員と同じ装備で密林を踏破すること！　しかしミョルニル・スーツを着込むのは許さない！　スーツの性能とは人間の性能に他ならないからだ！」

俺たちは鉛の塊みたいな重さのバックパックを背負い、突撃銃や各種アイテムを満載した弾帯まで装備させられる。これだけでも総重量は80キロを優に超えるだろう。常に人を1人抱えているようなモンだ。

「なお怪獣との遭遇を疑似的に体験するため、密林の中には様々な罠が仕掛けてある！　命を失う心配はないが、存分に脅威を体感してくれッ！」

罠って……。なるほど、小銃携帯に重量物運搬とはえらくシンプルな試験だとは思ったが、簡単にクリアさせる気はないってことか。

続けてアズサが、

「念のため試験官補助が数名同行するが、基本的に彼らは諸君らを手助けしない。手助けをされるのは、原則として失格を意味すると思ってほしい。それと……この第3試験からは私とライデン隊長以外の『ホワイト・レイヴン』の隊員も試験官補助として諸君らを観察するから、そのつもりで」

他の『ホワイト・レイヴン』の隊員——その一言を聞いて、受験生たちの緊張感がさらに高まる。国の英雄に品定めされるというプレッシャーが一際強くなる状況に、皆が武者震いを覚える。

「では今から日没までに、あの赤く光る監視塔まで辿り着いた者のみを合格とする！　各員、明日へ向かって走れッ！」

コマンダー・ライデンがビシッとポーズを決めると——それに合わせて、俺たち受験生は一斉に走り出した。重量物をまとっているせいで移動速度は緩慢だが、それでも全員が勇み足で泥を踏みつけていく。

――かつて第2試験で落ちた俺にとって、ここから先は未知の領域だ。なにが起こるか予測もできないが、必ず踏破してやる！

「ちょっとシン、勢い余って迷子になんてならないでくださいよ」

俺と並走するセルホが茶化すように言ってくる。だが俺からすれば、比較的小柄な彼女が重量物を身に着けていることの方が不安になるんだよな……。

「相変わらず心配性だなセルホは。それよりお前こそ、こんなクソ重いモノ背負わされて平気なのかよ？」

「当然です。なんなら貴方も担いでってあげましょうか？」

遠慮しとく、と苦笑しながら答えていると、さっそく樹木が鬱蒼と生い茂る密林へ突入する。木々に遮られて視界が制限され、平坦な場所など一切ない足場が行く手を拒む。

それにしても――

「なあセルホ……第1試験の時から思ってたけど、お前って元アスリートかなにかなのか？」

「なんですか突然？　私がそんな風に見えます？」

「いや、なんていうか……身体能力に随分優れてるなって思ってな」

この身体のどこにこれだけの体力があるのだろう、とはずっと感じていた。

俺の場合は怪獣の力で補ってるから高い体力や身体能力をどうにか保ててるけど、彼女はそうじゃないはず。にも拘わらず、彼女は俺に追従できるのだ。これはよほど優れた身体能力を持っていないと難しいはず。

そんな俺の疑問を受けたセルホは、

「別に……そういう血が流れてるだけですよ」

「？　血って？」

「……今は言いたくありません。それよりその言葉、そっくりそのままお返ししますが？」

そう言われて、俺はギクッとする。

「貴方こそ何者ですか。最初に会った時はおかしな腰抜けにしか見えなかったのに、今ではこうして私と成績最優秀者の座を争ってる。一体どういうことなんでしょうね？」

「そ、それはだな……」

ジーっと見つめてくるセルホに対し、返答に詰まる俺。

言えるワケないだろ、「そりゃ怪獣になっちまったからだな、ハハハ！」なんて……。

俺がどうにか言い訳を考えていた——その時、ヒュン！となにかが飛んでくる。

「え？　ぐふぅおッ⁉」

そして俺の腹部に直撃する——丸太。ロープで括られた大きな丸太が振り子のように飛んできたのである。

「なっ、大丈夫ですかシン⁉」

「あ、ああ……中々キツイ1発だったけどな……」

怪獣の力で身体を強化しているから大した怪我はないが、こんなの生身で受けたら骨折してもおかしくないぞ……。

俺が痛みで悶えていると、密林の向こうでドーン！という爆発音がしたりメキャメキャズシャーン！と木が倒れる音がしたり、それに混じって「うわー！」とか「きゃー！」みたいな悲鳴が聞こえてきたり……。相当数の受験生が罠に引っ掛かっているのだろう。

「……こりゃ、本気で俺たちを篩い落としにかかってきてるな……」

密林というシチュエーションも相まって、まるでベトナム戦争映画みたいな臨場感だ。

「ええ……油断せず進んだ方がよさそうですね……」

苦笑いを浮かべつつ冷や汗を垂らす俺たち。

すると、

「きゃっ！　痛たたぁ……！」

俺たちのすぐ前方で、1人の女性受験生がいきなり地面に沈んだ。おそらく落とし穴に引っ掛かったのだろう。

その様子を見たセルホは、急いで駆けつける。

「ちょっ、大丈夫ですか⁉」

「へ、平気……でも、足がぁ……うぅ……」

「！　ちょっと見せてください」

落とし穴はかなり浅めで、下には危険な物は一切埋まっていなかった。しかし彼女の足の状態を見ると、どうやら足首を捻挫してしまってるらしい。少し傾けただけで強烈に痛がる女性受験生を見て、

「この足で森を抜けるのは無理ですね……。悪いことは言いません、貴女(あなた)はここで辞退してください。そうすれば――」

「だっ、大丈夫、大丈夫だよぉ。こんな怪我なんて、全然……っ」

「だけど……」

「私は絶対、防衛隊員になるんだから……！　諦めないいんだから……絶対にぃ……！」

彼女は目尻に涙を浮かべ、断固として辞退を嫌がる。

どこか気弱そうな顔つきと声をした、ボリュームのある栗色(くりいろ)のくせっ毛が特徴の少女。

年齢はセルホと変わらないくらいで、背丈はだいたい155センチ前後ってとこか。身体

的特徴からして、セルホほど運動神経に優れていないのかもしれない。胸とか超デカいし。

　少し離れた場所では試験官補助の防衛隊員が様子を窺い、いつでも助けに入れると言うように俺たちに目配せする。

　気弱そうな少女の言葉を聞いたセルホは、はっとしたような顔をする。

「……そうですか、わかりました。貴女名前は？」

「ふぇ……？　お、欧拉マオって言うけどぉ……」

「それではマオ、しばらくじっとしててください、ねっ」

　なにを思ったのか、セルホは背中のバックパックを下ろす。そして――足を挫いた女性受験生を、強引におんぶした。

「ふぇぇ!?　な、なにを……!?」

「第3試験の合格条件は、あくまで監視塔に辿り着くことです。その過程は問われないはず。だったら私がおんぶして、一緒に辿り着けばいいんです」

「で、でもそれじゃあなたがぁ……」

「貴女が諦めないって言うなら、私は絶対に見捨てません。目の前で困っている人を見捨てる人に、防衛隊員が務まるワケありませんから。とにかく黙って背負われてください。シン、貴方は先に――」

彼女が言い終えるより先に、俺はセルホのバックパックを担いで歩き出す。自分の分と合わせて合計100キロ超え。うん、悪くない重さだ。

「お前がそうするなら、俺はこの荷物を持つとするよ。ほら行くぞ」

「あ、貴方(あなた)――！」

「困っている人を見捨てる奴(やつ)に、防衛隊員が務まるワケないんだろ？」

遠くの試験官補助にアイコンタクトすると、彼らも黙認するようにその場を離れる。

こうして俺たちは怪我人(けがにん)を連れ、再び歩き始めた。

密林の中は案の定ブービートラップだらけで、俺たちは行く先々で丸太やら落とし穴やら非殺傷性地雷やら金属タライやらｅｔｃ．ｅｔｃ．(エトセトラ エトセトラ)……に遭遇。それらは確かに命を失うほどではなかったが集中力と体力を損なうには十分で、こちらの機動力を奪っていった。

そうして時間が経過していき――気がつけば空から明るさが失われ、周囲が薄暗くなっていく。おそらく日没が近い。

「私たち、どれくらい進んだんでしょう……。日没まであとどれくらい……？」

「さあな。だが急がないとヤバい。向かっている方角は合ってるはずだから……」

弾帯(チエストリグ)に付属していたコンパスを頼りに進んでいく俺たち。薄暗い密林はどんどんと足場が見えづらくなり、恐怖感が増していく。

流石のセルホの顔にも疲労感が見え、

「シン、やっぱり貴方だけでも……」

「うるせえ。それ以上言うと俺がお前を担ぐぞ」

ここで見捨てたら、それこそ一生後悔する。その想いは俺もセルホも変わらない。

そしてようやく——監視塔の赤い光が見えてきた。

「よし、監視塔が見えた！　このまま突っ切れば——」

ゴールだ——と叫びかけた時だった。

俺の胸の奥が、ドクン！と強く脈打つ。

「うっ……!?」

この感覚——また——!?

間違いない、４日前と同じだ。まるで胸の奥でなにかが爆発したような、巨大な衝撃。

これは——怪獣が、近くにいる——ッ！

「シン……どうしました……？」

様子が急変した俺を不思議そうに見つめてくるセルホ。

しかしその直後、遠くから１個班規模の防衛隊員たちがやってくる。７名の隊員たちはとても慌てた様子で、

「おーい！　試験は中止だ！　急いで監視塔まで避難しろ！」

「中止って……どうして……!?」

「怪獣が現れたんだ！　受験生も含めて、もう何人かやられてる！　怪獣線計測器(グリフォス・カウンター)に反応があったと思ったら、突然見えない敵に襲われて――！」

防衛隊員が説明していた刹那――突然、彼は見えないなにかによって背中を斬り裂かれた。

「が――あ――ッ！」

血を吹き出して倒れる防衛隊員。小隊の仲間たちは一斉に後ろへ振り向く。

そして彼らの目に映ったのは、ユラリと蠢(うごめ)く見えない物体から鮮血が滴る光景、そして輪郭だけが認識できる透明な巨体。

その中で――2つの目らしきモノが、黄色く光った。

「い……いたぞォ！　いたぞォォォ――ッ!!!」

防衛隊員たちは堰(せき)を切ったように、手にしていた突撃銃(パルスライフル)をぶっ放す。

「うううぁぁああああああああああああッッッ！　いたぞォォォオオオオオオオオオオオオオオオオオオ――ッ!!!」

姿の見えない怪獣に対し、無我夢中で弾丸を撃ち込む6名の防衛隊員。無数に放たれる弾丸は木々を薙ぎ倒し、岩を粉砕し、白煙と砂煙を巻き上げる。雷鳴のように密林に響く銃火は、隊員たちが弾倉の弾を撃ち尽くすまで続いた。

全員が弾を撃ち尽くし——ようやく静寂が戻ってくる。だがそれでも、防衛隊員たちの顔は恐怖に歪んでいた。

「…………やったか？」

「わからん……いや待て、怪獣線計測器に反応アリ」

「位置は⁉　確かめろ！」

「ダメだ、反応信号が重なってる」

「赤外線サイトを使え！　油断するな！」

「これは……なんてこった、目の前にいるぞッ！」

叫び声が木霊した瞬間、１人の防衛隊員がまたも斬り裂かれた。

「湯谷ぃ！　チクショウ、急いで撤退だ！　受験生を守れ！」

防衛隊員たちは急いで弾倉を入れ替え、見えない怪獣に対して発砲。俺たちも保護されながら脱出を図る。その間にも１人、また１人と防衛隊員たちが犠牲になっていく。

「クソッ、なんだってこんなタイミングで怪獣が……！」

よりにもよって、入隊試験の最中に出現するなんて！

葛藤。刻の怪獣に変身すれば、たとえ見えない怪獣であろうと倒すことはできるだろう。だがここは防衛隊の演習場で、今変身するということは俺の正体を防衛隊に晒すようなものだ。それにセルホにだって――。

そんな歯痒さを感じている間に、救助に来てくれた防衛隊員たちは遂に全滅。

残された俺たち3人は、見えない敵に対して足が竦む。

「……セルホ、マオ、俺が囮になるから、お前たちは逃げろ。監視塔まで走るんだ」

「はあ!?　なにをカッコつけて――！」

「ここで全滅するよりはマシだろ？　ほら、急いで――ッ！」

変身さえできれば、2人を守れるかもしれない。リスクは大きいが、ここで殺されるよりは――そう思った矢先だった。

「ま――待って！　動かないでぇ！」

マオが叫んだ。彼女の声で、俺たちはピタリと動きを止める。

彼女はセルホの背中から降りて地面に座ると、ジッと周囲に目を凝らす。

「…………い、いたよ。あそこ、木の枝が不自然に曲がっている場所にぃ……！」

マオは無数に生えた大木の1つを指差す。そこに黄色く光る目はないが、確かに太い枝が奇妙な方向によじれているのがわかる。

「マオ……⁉　貴女、怪獣が見えるんですか⁉」

「う、ううん、見えないけど、知ってはいるの。アレは、たぶん〝変色竜の怪獣〟。本来はアフリカ大陸や南アジアの密林に生息していて、周囲の風景に擬態する能力があるとか……。日本で発見されたことはなかったはずだけどぉ……」

「み、南アジアの怪獣って……なんでそんなの知ってるんです……？」

「えへへ、これでも物覚えだけはいい方なのでぇ〜……人類史上で記録に残っている怪獣は、全部頭に入ってるんだ〜♪」

記録に残ってる怪獣って……それ全世界を網羅すると、軽く数十万種のデータを覚えてるってことになるんだが……⁉　な、なんか意外な才能の持ち主だったんだな……。

「それと、アレが本当に変色竜の怪獣なら対処法も覚えてるよぉ。まず位置を探ろうとするなら、本体ではなく風景の中の違和感を見つけること。いくら身体を擬態できても重量は隠せないから、あんな風に枝が曲がったり足跡が残ったりするのぉ」

「なるほどな……。なら弱点はあるのか？」

「うん、ある。変色竜の怪獣はすごく目がいいんだって。擬態の色も目で見て変えているって言われるくらいで……今こうしている間も、きっと私たちのことを捉えているはずだよぉ」

「つまり、視力を奪えば姿を現すってことだな。でもどうやって……」

「で、できるよ。防衛隊員の皆さんが備えていた、対怪獣用閃光手榴弾（スタングレネード）。アレを使えば――！」

　そう言われて、俺は倒れた防衛隊員の装備を見る。弾倉（マガジン）などが収められたベストの中に、確かに円筒状の閃光手榴弾（スタングレネード）があった。

　……まさかマオは、さっきの短い時間だけで彼らの装備を把握していたのか――？

　だとすれば舌を巻くほどの観察力だな。こりゃとんだ逸材だ。

「そう、ですか……。弱点さえわかっているなら――」

　セルホが不敵な笑みを浮かべる。

　直後、変色竜の怪獣がいる場所がグワッと動いた。おそらく鋭利な舌を伸ばしてきたのだ。

「来るぞ、セルホ！」

「カラクリさえわかってれば、こんな攻撃――！」

　俺とセルホが見えない攻撃を回避すると、変色竜の怪獣も動き出す。姿は見えないが、マオの言った通りヤツがいる場所は木や枝が曲がったり足跡が付いたりして痕跡が残る。

　これなら見失うこともない。

そして倒れた防衛隊員の装備から道具(アイテム)を掴(つか)み取(と)ったセルホは、

「2人共、目を閉じて耳を塞いでッ！」

ピンを抜いて投擲(とうてき)。宙へ放り投げられたソレは——強烈な閃光(せんこう)と爆発音を発生させた。

『ギュワアアァァァッ⁉』

姿の見えない怪獣が絶叫する。

——対怪獣用閃光手榴弾(スタングレネード)。通常の攻撃で動きが封じられない怪獣を、間接的に行動不能にさせるための制圧兵器。視力、あるいは聴力に頼った生態をした生物ならば、これを受けて無事なことはまずありえない。

閃光で視力を潰された変色竜の怪獣は、木の上から滑り落ちる。

『フシュルルゥゥゥ……！』

その怪獣はゆっくりと擬態が解けていき、徐々に本性を露(あら)わにしていく。

体長およそ7メートル。緑色の肌に四本の足に長い尻尾。先端が槍(やり)のように尖(とが)った長く伸びる舌をユラリと動かし、頭の両側面に付いたギョロリとした丸目は黄色に発光する。

まるでカメレオンのような見た目の変色竜の怪獣は俺たちを見失っているらしく、擬態も解除されている。なら——今が絶好のチャンス！

「変色竜の怪獣の核は胸部に！　狙ってぇ！」

「了解！　２人はそこで大人しくしててください！」

セルホは変色竜の怪獣に向かってダッシュしながら突撃銃(パルスライフル)の引き金を絞り、発砲。眩(まばゆ)い銃口炎(マズルフラッシュ)と共に放たれる10ミリ高速徹甲弾(HVAP)は変色竜の怪獣の皮膚を穿通(せんつう)する。

核にでも当たらない限り大したダメージにはならないが、それが何十発という弾幕になればヤツの足止めをするには十分だ。

『フシュラアアア！』

攻撃に苛立(いらだ)った変色竜の怪獣は暴れ回り、長く鋭い舌を縦横無尽に振り回す。だがセルホはその挙動を的確に見極め、屈(かが)み、身体を反らし、飛び越えて間合いを詰めていく。その身体能力は常人とは思えないほど速く、そして軽やか。

「そんな攻撃っ、当たるかってんですッ！」

変色竜の怪獣の攻撃を全て避(よ)け切ったセルホは、巨体の下へと滑り込み――

「とっとと――くたばれえええええええええッ！」

突撃銃(パルスライフル)をぶっ放す。弾倉(マガジン)の弾を撃ち尽くし、残弾数カウンターが〝00〟と表示されるまで。

『フ……シュ……』

胸部を蜂の巣にされた変色竜の怪獣は核を破壊されたらしく、巨体をグラリと揺らして地面に倒れていく。

押し潰されそうになったところを、セルホは急ぎ脱出。

……動かない。起き上がらない。

変色竜の怪獣は、完全に倒された。

「や………やった………」

「す――すごい！　すごいよぉ！　怪獣を倒しちゃったぁ！」

倒――した――？　怪獣を――セルホがたった1人で――？

すごい、なんてレベルじゃない。さっきの怪獣の攻撃を避ける動作を見てもハッキリとわかるが、やはりセルホは身体動作において天才だ。ミョルニル・スーツなしの状態でこれだけの戦闘ができるのだから、並外れている。

もしかしたら防衛隊（ユニオン）に入隊した頃のアズサと同等、いやもしかしたらそれ以上の――

「ざ……ざっと、こんなもん、ですね……」

だが直後に、セルホが地面にへたり込む。

「！　セルホ⁉」

「だ、大丈夫です……ちょっと腰が抜けちゃって……」

緊張の糸が切れたようで、足に力が入らないらしい。

無理もない、まさか入隊試験で本物の怪獣と戦う羽目になるなんて思わないもんな。

「ハハ……しょうがねえな。ほら、手を貸すから——」

俺は彼女へ歩み寄り、手を伸ばそうとするが——すぐに気付かされる。

怪獣の気配が、消えてない。

奴らは……まだ近くにいる——！

そう感じ取った刹那、周囲からジャリッという足音やミシッと木がしなる音が聞こえてくる。

囲まれている——俺が自分たちの置かれた状況を理解するや、変色竜の怪獣は一斉に擬態を解いた。

5匹、10匹、いやもっとか。長い舌を揺らして威嚇し、俺たちを狙っている。おそらく仲間を殺されて怒っているのだろう。

「コイツら……まだこんなに……！」

「マ、マズいですね……！　流石に逃げないと——きゃあッ！」

セルホが動き出そうとした瞬間、彼女の身体が長い舌で弾き飛ばされる。そのまま大木に激突したセルホは意識を失ってしまった。

「セルホさん！　って——わひゃあ!?」

今度は動き出そうとしたマオが地面の下へ姿を消す。どうやらまた罠の落とし穴に落ちてしまったらしく、今度は頭を打ったようで「きゅう……」と目を回しながら気絶。

「おいおい……マジか……」

1人残された俺。変色竜の怪獣たちはそんな俺に狙いを定めたらしく、ジリジリと包囲を狭めてくる。

——だが、この状況は逆に好都合だ。

これなら——誰にも変身を見られることはない。

『フシュラァァァッ！』

襲い来る変色竜の怪獣。しかし俺の足は逃げるでも避けるでもなく——前へと突っ込む。

『オォォオオオオオオオオオッッッ！』

雄叫びと共に俺の全身は刻の怪獣へと変わり——襲い掛かってきた変色竜の怪獣を、爪で斬り裂いた。

頭から胸部の核まで真っ二つに大切断され、噴き出る緑の血が空を覆う。俺は勢いを留めることなく、そのまま2体目、3体目へと攻撃。

『フ、フシュ……⁉』

『フシュアァ！』

俺が刻の怪獣へ変貌したことによほど驚いたのだろう。奴らが慌てふためいているのがよくわかる。

『まだまだァッ！』

畳み掛けるような連撃。俺が腕を振るう衝撃で木々が薙ぎ倒され、地面はめくれ上がって泥を空高くへぶち上げる。俺が暴れる度に、みるみる地形が変わっていく。

一瞬で形勢は逆転。俺たちを追い詰めていたはずの変色竜の怪獣は、次々と爪の餌食となっていく。擬態能力を抜きにすれば、変色竜の怪獣の戦闘力はそれほど高くない。1体あたりの強さは以前倒した土竜の怪獣よりだいぶ下だろう。

これならすぐに全部――俺がそう思った時だった。

ドクン！と胸の奥に痛みが走る。

『うっ――!?』

思わず地面に膝を突く俺。心臓――いや核の心拍が乱れ、息苦しさで動けない。

チクショウ……やっぱりまだ刻の怪獣の力を使いこなせないのか……!?　俺は不安定な力を制御できず、怪獣から人の姿へ戻ってしまう。それでも動悸が収まらない。

『フシュ……』

『フシュシュ……！』

こちらの状態を察した変色竜の怪獣たちが、ニヤリと口角を吊り上げる。その内の1体が、鋭利な舌でこちらを狙う。

「ヤバい……早く変身し直さないと……っ！」

まさに絶体絶命。

頼む、間に合ってくれ——！　そんな祈りも虚しく、鋭利な舌が俺目掛け放たれた——

その時だった。

「——チィィイイイイェェエエエストオオオオウッッッ!!!」

砲声のような雄叫びと共に、砲弾のように飛んできた何者かが、砲弾の如き突きを変色竜の怪獣へ叩き込む。

一瞬。突きを受けた変色竜の怪獣は、一瞬で全身が弾け飛ぶ。それはまるで大威力の銃弾を受けたスイカのように、一瞬で視界から消えたのだ。

「——うむ、善！　この研ぎ澄まされた一撃、まさしく雷電！」

そう叫んで対怪獣用ビッグ・トンファーを天高く突き上げる、隆々とした筋肉と190センチを超える背丈を持つ大男。高脅威との正面戦闘を想定した重戦闘型のミョルニル・スーツを着込み、ツンツンオールバックの青い髪、そしてなんとも個性的なサングラスで目元を隠した、マッチョで渋いナイスミドル。

「コ……コマンダー・ライデンッ！」

「若き希望よ！　待たせたなッ！」

現れたのは他ならぬ、『ホワイト・レイヴン』隊長のコマンダー・ライデンだった。

彼は白い歯をキラリと光らせ、大胆不敵な笑みを見せる。

「このライデンが来たからには、もう心配いらない！　ところで若き希望よ！　キミの名はなんという⁉」

「え？　ら、蘭堂シンって言いますけど……」

「善（よし）！　とてもいい名だ！　ではシン！　仲間を見捨てず最後まで立ち上がろうとするキミの勇気、たった今見せてもらったぞ！　感動したッ！」

コマンダー・ライデンは個性的なサングラスの奥からドバドバと滝のように涙を流し、感激に打ち震える。マッチョなナイスミドルが震えながら涙する様は、むさくるしいことこの上ない。

おまけに幸か不幸か、俺が刻（とき）の怪獣に変身し直そうとしていたのを〝自分も負傷しているのに仲間を見捨てず戦おうとしていた〟と勘違いしてくれているらしい。

「キミのような者こそ希望！　世界の光！　このコマンダー・ライデン、魂を燃やしてキミの勇気に応えよう！　私の活躍をしばしそこで――！」

『フシュラァァッ！』

コマンダー・ライデンに向かって、金切り声を上げて透明な輪郭が襲い掛かる。その姿はやはり視認できない。

だが彼は見向きもせず、

「ぬんッ！」

左腕のビッグ・トンファーを振るう。さっきと同じように飛散し、跡形もなく消え去る変色竜の怪獣。体長7メートルある怪獣を、まるで小バエ扱いだ。

「如何に姿を隠そうとも、そこにあることに変わりなし！　それが命というものだ！」

まだ複数体残っているであろう変色竜の怪獣に向かって吠えるコマンダー・ライデン。

言っていることは全然よくわからないが、とにかく彼にも怪獣の位置が把握できているらしい。

コマンダー・ライデンは両腕を開き、筋肉を隆起させて構えをとる。

「卑劣なる怪獣共よ！　このコマンダー・ライデンと『ホワイト・レイヴン』がある限り、貴様らに明日はない！　さあ受けてみよ！　この対怪獣用ビッグ・トンファーから放たれる、超・音・速・衝・撃・波の一撃をッ！」

両腕が振り抜かれ――射出される二対の衝撃波の刃。

　巨大な風の刃とも形容できるその攻撃は姿を隠した怪獣たちを密林ごとズタズタに斬り裂き、1キロ以上も先まで届く。今の一撃だけでかなりの数が倒されたはずだ。衝撃波の刃が通った跡だけが密林の中に残り、まるで竜巻(トルネード)が通り過ぎたようにも見えてしまう。

「す……すごい……！　スーツの力を借りたとしても、あれほどの……！」

　それを見た俺は呆気(あっけ)に取られ、

『フシュルァッ！』

　木の上から飛び降りてきた、1体の変色竜の怪獣に気付けなかった。

　だが、

「……アデレード・アッパー」

　鋭利な舌が俺へと届く前に、怪獣の懐へ向かってオレンジ色でフサフサの毛並みを持った動物が飛び込む。

　おそらくアズサと同じ高機動型(ヴァンガード・モデル)と呼ばれるスピード・瞬発力を重視したミョルニル・スーツをまとい、両手、いや前足？には真っ赤なボクシンググローブをはめている。

　そんな動物のアッパーを受けた変色竜の怪獣はゴギャッ！という骨を砕かれる音を奏で、身体(からだ)を大きく凹(へこ)ませたまま吹っ飛んでいった。

　そんな強烈なパンチを放った動物は、俺のすぐ近くに着地。

「……受験生、人外と戦う戦場に人のまま入ってくるな」

「〝ボックス・ルー〟！『ホワイト・レイヴン』唯一のカンガルーにして、常勝無敗のアイアンフィスト・ボクサー！　す、すごい！　すごい可愛い！」

興奮冷めやらぬ俺。

現れたのはボックス・ルーというコードネームで呼ばれるカンガルー。背丈、いや全高は俺よりもやや低い170センチ前後で、ミョルニル・スーツと対怪獣用ボクシンググローブを着けて言葉を喋る以外は普通の可愛いカンガルーだ。

カンガルーではあるが立派な『ホワイト・レイヴン』の一員で、アズサやコマンダー・ライデンと比較すればやや劣るが並外れた戦闘力と戦果を持っている。特に純粋なパンチの威力に関しては、日本どころか世界中の防衛隊員の中でも最強と名高い。加えてカンガルーの愛くるしい顔立ちから部隊のマスコットにもなっており、女性や子供からの人気は抜群。流石はカンガルーだ。

俺はこのボックス・ルーを初めて見た時「どうしてカンガルーが防衛隊員をやってるんだろう？」という素朴な疑問を抱いたものだが、誰も気にしていないので俺も気にするのをやめた。

「今のはキレのある見事なパンチだったな、ルー隊員！　しかし若き希望には優しくせね

ばならんぞ⁉」

「うるさい。ルーは気が散るのが嫌いだ。もう助けない」

「ハッハッハ！　相変わらず気難しい奴め！　ならば――！」

「――はい、彼らのことは私が護衛します」

遅れて武装したアズサもやってくる。どうやら試験に関わる『ホワイト・レイヴン』隊員が全員救助に投入されているようだ。おそらく他の場所でも既に戦闘が起こっているのだろう。

彼らは俺の前に立ち、透明な変色竜の怪獣たちと相対する。その背中は逞しく勇敢で、怪獣の群れに狙われていることが少しも怖くなくなるほど頼りがいに溢れていた。

「善！　では行こうか2人共！　正面は私が受け持とう！」

「なら私は左翼の迎撃を。護衛が終わり次第どちらかに加勢します」

「ルーは別にどこでもいい。ぶちのめすだけだ」

彼らがそんな短い会話を終えると――戦いは始まった。

いや、一部始終を俺の目から見ていたそれは、もはや戦いというより殲滅とか駆除と呼んだ方が正確だったかもしれない。

――結局入隊試験は一時中断となったが、この1週間後に改めて残りの試験が執り行われた。変色竜の怪獣の襲撃で多数の死傷者は出たが、幸いなことに受験生の怪我人が少なかったこと、そして救助に参加した防衛隊員たちが「どうか続けて欲しい」と進言したことで中止にはならなかったらしい。

　そして無事――200名の入隊者が選ばれた。

――2041年、6月13日、午前11時

「2041年度防衛隊入隊試験を潜り抜けた200名の新隊員たちよ、まずは入隊おめでとう。キミたちは今より、防衛隊の旗を背負うこととなる」

　演台に立つアズサが、防衛隊の制服を着た200名に対して賛辞を述べる。

　1000人もいた受験生の中で入隊を許された者たち。中には変色竜の怪獣の襲撃で傷を負ったらしい者もおり、ギプスを付けていたり顔に包帯を巻いている姿も見受けられる。しかし皆の表情に恐れや淀みは一切なく、その視線はただ真っ直ぐ前へと向いていた。

　そして――そんな入隊式の中に俺、セルホ、マオもいる。

「入隊試験では怪獣の襲撃というトラブルもあり、負傷する者も出てしまった。だがこの経験は、諸君らにとって代えがたい経験ともなるだろう。この場にいる全員が優秀な防衛隊員になれると、私は確信している。改めて、入隊おめでとう。諸君らは私の誇りだ」

アズサはひとしきり話し終えると、「では、ライデン隊長から一言」と演台をコマンダー・ライデンへと譲る。

「善（よし）！　精強なる若き希望たちの入隊、実にめでたい！　この瞬間を歓喜せぬ者などいないだろう！　このコマンダー・ライデン、感動のあまり涙が止まらない！　若鳥が勇敢なる戦士となり、そして守るべき人々の希望となってゆく！　なんと美しく、そして素晴らしいことか！　そう思うだろうルー隊員！」

「……そうだな」

「喜びのあまり、熱い歓迎の言葉が口をついて出てしまう！　なあルー隊員！」

「……おめでとう」

　実に面倒くさそうな表情で、後ろに立っていたカンガルー……ではなくボックス・ルーが拍手する。でもボクシンググローブをはめているせいで拍手らしい音は出ないけど。

　コマンダー・ライデンは人差し指を天空へ突き上げ、

「さあ若き希望たちよ！　怪獣と戦うために立ち上がる、今がその時だ！　我々は諸君らを歓迎しよう！　ようこそ――『国境なき防衛同盟（アース・ディフェンス・ユニオン）』へ!!!」

　ザッ！と敬礼する新隊員たち。

　ようやく――ようやく、俺は防衛隊員になった。防衛隊員になれたんだ！

あれほど憧れた場所に、決して叶(かな)わないと思っていた夢に、手が届いた。俺はもう嬉(うれ)しくて嬉しくて、敬礼する手が震える。思わず口が綻ぶ。

まさか11年前に時間跳躍(タイムリープ)して夢を叶えることになるなんて、想像もできなかった。でもこうしていると、確かに実感できる。俺はもう防衛隊員なんだと。

コマンダー・ライデンの言葉を最後に入隊式は終わり、俺やセルホは他の新隊員と共に場を後にしようとする。すると、

「……弓崎(ゆみざき)セルホ隊員、欧拉マオ隊員、それから蘭堂シン隊員。以上の3名は少々この場に残ってくれ。話がある」

アズサに呼び止められる。

「「「……？」」」

なんだろう……？　そう思って互いに顔を合わせる俺たち。

そして『ホワイト・レイヴン』のメンバーを前に、俺たちだけが会場に残る。アズサはコマンダー・ライデンたちとアイコンタクトを取り、

「オホン……まずは3人とも、入隊おめでとう。色々とアクシデントはあったが、こうして無事に入隊式を迎えられて嬉しく思う」

アズサは一呼吸置くと、

「さて……本題に入ろう。第三試験の最中に突然現れた変色竜の怪獣を、貴官らは倒したそうだな。状況証拠を鑑みて、防衛隊(ユニオン)は貴官らの戦果を公的な記録として認める。……しかし入隊試験中に受験生が怪獣を討伐するのは、前代未聞なのだ」

淡々とした口調で、俺たち全員の目を見ながら話を続ける。その教官然とした姿は様になっているが、俺から見ればまるでらしくない。

「貴官らは怪獣を前に逃げ出すでもなく、立ち向かってこれを打ち倒した。シン隊員とセルホ隊員の身体能力の高さ、それにマオ隊員の知識が合わさった結果なのだろうが……我々はこの事実を極めて高く評価する。特にマオ隊員の記憶力・観察力・判断力は、防衛隊(ユニオン)にとって大きな戦力となるはず」

「そ、それほどでもぉ～、えへへ～……♪」

照れ臭そうにするマオ。確かに、あの場にマオがいなければ俺たちだってどうなっていたかわからない。彼女の能力がこれから大いに役立つのは間違いないだろう。

それにしても……なんというか、アズサは迂遠(うえん)な言い回しをしているような気がする。的を射ていないというか……。

「……クレイモア・レイヴン、もったいぶらずに仰(おつしや)ったらどうですか？　つまり、俺たちはどうなると？」

「口を慎め、シン隊員。……それでは予め言っておくが、驚くなよ」

驚くなよって……なんとも仰々しい物言いだな。

まさか俺たちに表彰状でもくれるとか、そんな――。

「…………蘭堂シン隊員、弓崎セルホ隊員、欧拉マオ隊員、只今を以て――――この3名を『ホワイト・レイヴン』へ配属とする」

「「「――――ッッッ!?」」」

アズサの口から出た言葉に――俺は我が耳を疑った。俺だけじゃない、セルホやマオも信じられないという顔で目を丸くしている。

「ま……ま……待ってくれよ!?　入隊したばかりの俺たちが『ホワイト・レイヴン』!?　幾らなんでもありえないだろ！」

『ホワイト・レイヴン』は日本最強のエリート部隊。怪獣から国を守る切り札であり、同時に最大の戦力でもある。故に所属する防衛隊員は並外れた実力を求められ、ベテランの隊員でも所属することは難しい。だからこそ彼らは英雄と呼び称され、俺もセルホも憧れたのだ。

それが、入隊したばかりの俺たちを配属するなんて——。

「驚くなと言ったはずだぞ。話は最後まで聞け」

はいはいどうせそういうリアクションするよね、とでも言いたげな感じでアズサは話を続ける。

「『ホワイト・レイヴン』へ配属と言っても、いきなり我々のような実戦部隊になるワケではない。貴官らは言わば候補生で、部隊の役割を学びながら補助する支援部隊の一員になるだけだ。これは上層部の決定でもあり、将来的には養成機関を兼ねるサポート部隊を作る予定となっている」

「なにより！　キミたちの勇気を私は気に入ったッ！」

話に割って入るようにコマンダー・ライデンが叫ぶ。

「キミたちのような魂を持つ者こそ『ホワイト・レイヴン』の候補者に相応しい！　絶対に仲間を見捨てない優しさ！　どんな状況でも怪獣に立ち向かうガッツ！　それこそが最も必要なモノなのだ！」

コマンダー・ライデンは白い歯をキラリと光らせたまま、

「正規隊員となるまでの道のりは長く険しい！　我々の訓練も容赦ない！　無論、現役の防衛隊員から引き抜かれた他の候補生もいる！　それでも、このコマンダー・ライデンはキミたちの未来を見てみたい！　共に、力を振るってはくれまいか！」

　そんな彼の言葉を受けて――セルホは迷いなく1歩前へ出る。

「……勿論（もちろん）です。ぜひお願いします！」

「セルホ……！」

「シン、私はこのために防衛隊（ユニオン）に入ったんです。こんなチャンスはもう二度とありません。どんなに訓練が辛（つら）くても……必ず『ホワイト・レイヴン』の正規隊員に昇格してみせる！」

「わ、私も！　私もぉ！　こんな私でもお役に立てるなら、こ、光栄ですぅ！」

「よくぞ言った、セルホ隊員、マオ隊員！　さあ、シン隊員はどうするかね!?」

　改めて問われた俺は、ぎゅっと固く口を結ぶ。

　そして――一歩前へ出て、セルホやマオと肩を並べた。

「…………やります、やってみせます。俺だってずっとあなたたちに憧れていたんだ。俺も正規隊員になって――クレイモア・レイヴンの隣に立ってみせますッ！」

「期待しているぞ、シン隊員！　キミならいずれ、レイヴン隊員のよきパートナーになれるはずだ！」

「ラ、ライデン隊長……」

　どこか気恥ずかしそうに頭を抱えるアズサ。

パートナー……アズサのパートナーか……うん、いい響きだ。俺も本気でアズサの背中を守れる防衛隊員にならないとな。

「善(よし)！　では若き希望の入隊を祝って、皆でランチに赴くとしよう！　今日は私の奢(おご)りだぞ！　ハッハッハ！」

コマンダー・ライデンが太っ腹なことを言うと、高笑いを上げる彼に続いてセルホやボックス・ルーも会場から出て行く。

俺も彼らに続こうとするが、

「シン、待って」

不意にアズサが呼び止める。俺の前でだけ見せる普段の口調で。

「？　なんだよ、アズ――」

「今年の入隊試験……アンタどんな手品を使ったの？」

ずいっとこちらに顔を近づけ、詰め寄ってくる。

「て……手品って……？」

「２０４１年度の入隊試験成績、アンタとセルホちゃんが同点で最高評価だった。けど私の知ってる蘭堂シンって男は、そんな優れた身体能力を持ってないはずなんだけど。一体なにをしたのよ。おかしな薬でドーピングとかしてないでしょうね」

訝しげに聞いてくるアズサ。

しまった、そういえば幼馴染のコイツは俺本来の身体能力がどの程度かなんて把握してるはずだもんな。それがいきなり入隊試験最高成績なんて出したら怪しむのも当然か……。

「そ、そんなことしてるワケないだろ……。こう見えてみっちり鍛えてんだよ」

「へぇ～……？」

ジロジロと見てくるアズサ。

やめろ……そんな目で俺を見ないでくれ……心が痛い……。

「……まあいいわ、とにかくおめでとう。これで、晴れてシンも防衛隊員ってワケだ。……それで、その……ちょっと聞きたいことがあるんだけどさ……」

突然モジモジとし始めるアズサ。相変わらず、さっきまで見せていた仕事モードとのギャップが凄まじい。

「？　なんだよ？　そんな改まって」

「え、えっと…………シン、週末って空いてない……？」

◷ ◶ ◵ ◴

――2041年、6月16日、午前11時05分

「ちょっと、早く着きすぎたか……？」

太陽の光が眩しい駅前広場に出た俺は、腕時計で時間を確認する。

今日は日曜日。つまり世間一般は週末で休みの日。駅前には大勢の人がおり、各々の休日を楽しんでいるらしい。その様子は平和そのもので、見ているだけで心が休まる。

さて、アイツとの待ち合わせ時刻はもう少し先だが――

「……って、あれ？」

待ち合わせ場所の2足歩行のリクガメ像、そのすぐ傍に佇む1人の少女。

スラッとしたトレンチコートに身を包み、さらに長い銀髪を結って帽子を被り、目元をサングラスで隠している。それでもパッと見でかなりの美少女だとわかるのだが――なんだか、すっごくソワソワしてる。

「よう、随分早いなアズサ」

「っ！　お、おはようシン！　私も今着いたとこだから！」

「まだ予定時刻より30分近く早いんだが……。それにしてもお前、やっぱり目立つなぁ」

「う……こ、これでも目立たないように、色々と悩んだんだけど……」

たぶん、彼女的には変装をしているつもりなのだろう。クレイモア・レイヴンといえば国民的英雄でその顔は誰でも知ってるレベルの有名人。だから変装でもしないとゆっくり外も歩けない、というのはわかるが……。

ぶっちゃけ、超目立っている。というよりアズサ自身がモデル顔負けのプロポーションと顔立ちをしているから、少しオシャレな格好をしようものなら嫌でも人目を引いてしまうのだ。

俺たちがそんな話をしていると、周囲の女子高生がヒソヒソと話し始めた。

「ねぇ、あのすっごい美人さんってクレイモア・レイヴンじゃない……？」

「でも男の人と一緒にいるけど……もしかして恋人とか……!?」

「……シン、行こう！」

俺の腕を引っ張って歩き出すアズサ。

俺たちはそのまま人通りの多い道へと進んで行く。

「にしてもどうしたんだよ、いきなり〝週末付き合え〟だなんて」

「シンの入隊祝いを兼ねた私の息抜き。それに、この前飯でも行こうって誘ったのはそっちの方でしょ」

「そりゃまあ、そうだけど……」

「ランチにはまだ早いし、まずはお店を回ろうよ。案内したい場所があるから！」

珍しくウキウキとした表情で俺の前を歩くアズサ。彼女のこんな顔を見るのは、本当に久しぶりだな……。

まず彼女が入ったのは、ちょっとこぢんまりとした服屋（アパレルショップ）だった。

「ここ、前から気になってた場所なんだよね。男性物のブランドがあるか見てみよっか」

「おいおい、俺のを探してもしょうがないだろ。それに服のブランドってあんまり興味ないし……」

「いーのいーの。私が見たいだけだから。それにシンが服に興味ないのは昔っから知ってる。でもさ、服って誰かと一緒に見るとなんだか楽しいじゃない？」

「それは……まあ……」

「うんうん、シンってばスラッとしてるからこういう服も似合うね。あ、そうそう！　このブランドってシンに似合うと思ってたんだ～！」

とても楽しそうにしながら服を物色するアズサ。

そう、俺と違って彼女は昔からオシャレに関心が強いんだよな。そういうところもやっぱり年頃の女の子らしくて、普段のクレイモア・レイヴンからは想像もできない。

アズサのこんな側面を俺しか知らないっていうのも、なんだか少し嬉しくなってしまう。

そうこうしていると、店員らしき女性が俺たちに近付いてくる。

「いらっしゃいませー、どうぞご覧ください」

「すみません、ちょっと服を探してて……」

「かしこまりました。うわぁ、すごい美人さんですね！　今日はお2人でデートですか？」

「へ？　いやあの、デ、デートってワケじゃ――」

「ふむふむ、コートで隠していますがかなりのプロポーション……。それでは幾つかコーディネートしてみますので、どうぞ更衣室へ！」

「ちょ、違っ、私じゃなくて彼のなんだけど――!?」

さあさあ、とノリノリの店員に連れていかれるアズサ。

そうして更衣室のカーテンが閉められると、

「お客様はスタイル抜群なので、こういった攻めた服もお似合いですよ！」

「なっ……こ、こんな服着れないわよ！」

「大丈夫！　絶対お似合いですから！　絶対！」

ドタバタと揺れる更衣室。

一体なにを着させせられてるんだ……？　なんだか、ちょっと不安になってきたぞ……？

そしてシャッとカーテンが開き、

「さあお客様、彼氏さんに見てもらってください！」

「うぅ……こんな格好、絶対似合わないのに……」

俺の前に姿を現したアズサの服装。それはくびれた腰回りが良く見えるショート丈な上、肩から胸元まで襟ぐりが開いたシャツに、ワイドデニムという組み合わせ。

今の彼女は肩とヘソが思いっきり露出しており、優にFカップはあるであろうバストは谷間が丸見え。オシャレと言われればかなりオシャレなのだが、正直もう完全に目のやり場に困ってしまう。ハッキリ言ってすごいエロイ。

「お、おお……お前がそういう服着ると、その、イメージ変わるな……」

「は、恥ずかしい……。私の肌なんて見て、誰が喜ぶのよぉ……」

「と仰られてますが、彼氏さんは嬉しくないですか？」

めっちゃ嬉しいです。最高に目の保養になります。——なんて言ったらさらに面倒くさいことになりそうだから、俺はきゅっと口を塞ぐ。

「え、えっと……うん、かなりいいんじゃないかな……？　似合ってるよ……」

「なっ……う、嘘でも似合わないって言ってよ、シンのバカ！」

何故か怒られる俺。でも似合わないって言ったら言ったでヘソ曲げられそうな気もする

が……。

そんなやり取りの後俺たちは服屋(アパレルショップ)を出て、

「どっと疲れた……まさか店員さんがあんなグイグイくるなんて……」

「アハハ……まあアズサがクレイモア・レイヴンってことには気付いてなかったみたいだし、店員が親切なのはいいことだろ。また来ようぜ」

「しばらくはやめておく……。なんか疲れちゃったし、一旦どこかで——」

アズサはそう言いかけて、ふと立ち止まる。

なんだ?と思って彼女を見ると、その足はとある店の前で引き留められていた。

その視線の先には——

「ピアノ……そういえば、昔アズサの家にはデカいピアノがあったよな……」

「うん……コレと同じのがあった。よくお母さんに弾いてほしいってせがんだし、私も習い事してたっけ……懐かしいな……」

そこは楽器屋で、アズサの目には大きなグランドピアノが映っていた。

彼女の言う通りそのピアノは昔アズサの家にあった物と同じモデルで、アズサが弾いている光景を俺も見たことがある。実はアズサはちょっとしたお嬢様だったんだよな。

きっと——アズサは今、幸せだった子供の頃を思い出しているのだろう。

「……入ってみるか？　まだ弾けるんだろ？」

「はあ？　それはちょっとくらいなら……でももう何年も弾いてないし……」

「遠慮すんなよ、ほら」

引っ張るように楽器屋へと入り、店員にピアノを試奏してもいいか尋ねる。

店員は快く了承してくれて、俺はアズサを椅子に座らせた。

「久しぶりに聞かせてくれよ。確かあの曲が得意だっただろ、あの、えーっと……」

「あーもう、わかった、わかったから。言っておくけど、上手に弾けなくても笑わないでよね。それじゃ――」

アズサはピアノと向き合い、鍵盤の上に指を添える。そしてすうっと呼吸を整えると――曲を奏で始めた。

その音色は優雅で、穏やかで、慈愛に溢（あふ）れている。

ああ、曲を聞いてようやく思い出した。この曲名は〝パッヘルベルのカノン〟。幼い頃のアズサが一番得意だった曲。

鍵盤を叩（たた）く彼女の指は多少ぎこちなく、音がやや途切れ途切れ。だがその音色はまさしくあの頃聞かせてくれたモノだ。

――いや、むしろ昔よりも美しく聞こえる。音楽の詳しい知識は俺にはないけど、なんだか音に感情が込められているような気がするのだ。

アズサがこれまで送ってきた人生、人々を守りたいと思う彼女の優しさ、そんな言葉にし尽くせない色々なモノが、1つのメロディーとして表れているかのよう。

心が落ち着く――まるで子供の頃に戻ったかのような、そんな心地――。

俺はすっかり聞き入っていたが、ひとしきり曲を弾き終えたアズサは鍵盤から指を離す。

「……やっぱり、昔みたいには弾けないね。ちょっと恥ずかしいな……」

「そんなことねーよ。本当に懐かしい……。聞けてよかった、ありがとなアズサ」

「それは……どういたしまして」

照れ臭そうにするアズサ。

満足した俺たちは楽器屋を出て、カフェに入る。とりあえずアイスコーヒーを頼んだ俺たちはテラスの席に腰掛け、周囲の人々に紛れるように一服。

「それで、どうだアズサ？」

「どうって？」

「息抜きできてるかって話。普段のお前は気を張り詰めっぱなしなんだから、やっぱりこういう日は必要だろ。クレイモア・レイヴンじゃなく、凪千代アズサでいられる日ってのがさ」

「……ふふっ」

クスッとアズサが笑う。

あれ？　俺なんかおかしなこと言ったか？

「な、なんだよ……？」

「考えればおかしいよね……もう私とシンは上司と部下の関係なのに、シンってば少しも気にしようとしないんだから。昔のままで、幼馴染(おさななじみ)のままでいてくれようとしてる」

「当たり前だろ。俺が幼馴染であることを止(や)めたら、一体誰が素のアズサを受け入れられるってんだよ。もっとも、一応公私の区別はつけるつもりだけど」

俺が答えると「そうしてちょうだい」とアズサも微笑(ほほえ)む。

彼女は続けて、

「……私は、クレイモア・レイヴンとなったことに後悔はしてない。怪獣を殺す。怪獣を殺して殺して殺して、怪獣を完全に絶滅させる。そうすることで人々を救い……母さんの仇(かたき)を取る。それだけを考えて今日まで生きてきた。だけど……」

「……」

「正直、息が詰まる時もあるんだ。私は怪獣さえ殺せればそれでいいのに、いつの間にか立場なんてモノができちゃった。防衛隊(ユニオン)は英雄(ヒーロー)であることを私に求めてくるの。私は……

英雄（ヒーロー）なんかじゃないのに」

アズサはどこか疲れた感じで、少しだけ俯（うつむ）く。

母親の死を眼前で見て、彼女は衝動に駆られるまま戦ってきた。それが結果的に大勢の命を救い、クレイモア・レイヴンという英雄（ヒーロー）にまで押し上げられることとなった。

しかし俺の知る子供の頃のアズサは真面目で大人しくて、目立つことを好まない物静かな性格だったはず。いや、きっとそれは今も変わらないだろう。

彼女が怪獣と戦い続ける理由は〝復讐（ふくしゅう）〟のみ。そしてそれが仄暗（ほのぐら）い感情であることを理解しているからこそ、それをもてはやす周囲とのズレを感じているはずだ。

そして、そこに追い打ちをかけてしまったのが――

「……それに、もし本当に人を助ける怪獣なんて現れたら……私はこれからどんな気持ちで戦えば……」

あの時の家族を助けた刻（とき）の怪獣――つまり俺なのだろう。

まさかあの行為がアズサを悩ませてしまうとは、思いもよらなかったが――

「アズサ……お前は、いつか怪獣と人間がわかり合える日が来るとは思わないか？」

「思わない」

アズサは、強い口調で言い切る。

「そんな日は来ないよ、絶対に。人類が怪獣を滅ぼすか、怪獣が人類を滅ぼすか、行き着く果てはそのどちらかしかない。私は……怪獣を殺さずにはいられないよ」

彼女の瞳に怨嗟（えんさ）が宿る。

もはや、彼女は自分で自分を止められないのだ。いや、止めるワケにはいかないのだろう。無念の内に死んでいった、母親のために。

「……そっか。なら、それはそれでいいんじゃねぇのかな」

「え？」

「アズサが怪獣を倒すことは、間違いなく人のためになってるんだ。なら悩んでもしょうがないことは悩むべきじゃないだろ。お前はお前の信じることをやって、時々俺に愚痴でも漏らせばいい。少なくとも、俺はお前をちゃんと幼馴染（アズサ）として見られるから」

「シン……」

「お前のやっていることは正しいよ。実際怪獣は人間の敵だし、俺も怪獣は憎いしさ……。そもそもの話、人を助ける怪獣なんているのかも眉唾ってな！　ハハハ！」

「そう、かな……そうだよね……」

少し表情が緩むアズサ。

俺に内心を打ち明けることができて、どこかスッキリとしたのだろう。

「さあて、そろそろいい時間だし昼飯に行こーぜ。なにか食いたいモンあるか？」

「そ、それなら昔一緒に行ったスフレが美味しいお店はどう⁉　あそこなら確かこの近くに――」

席を立ち、カフェを出る俺たち２人。

――もし俺が怪獣になったことを知ったら、お前はやっぱり俺を殺すだろうか？

また俺の核を貫くだろうか？

いや、それでも構わない。お前が俺を殺しても、あの時の恩を返してみせる。

きっと理解はしてくれないだろう。お前は俺を拒絶するだろう。

だがそれでも――破壊の怪獣に、お前を殺させはしない。

俺は固く誓う。必ず刻の怪獣の力を使いこなして、アズサを救ってみせると。

破壊の怪獣が現れるまであと1年。それまでに、アズサを守れるだけの力を身につけてみせると。

そう――あと1年。

まだそれだけの時間があると、俺は思い込んでいたんだ。

第3章　破壊の怪獣

――2041年、7月4日、午後5時43分
『A1(アルファ・ワン)及びA2(アルファ・ツー)へ。こちらO1(オスカー・ワン)。第9地区にて第6班と第7班が目標怪獣と交戦中。当戦域の観測データを確認されたし』

「……こちらA1(アルファ・ワン)、観測データを確認した。あと43秒後に接敵する。O1(オスカー・ワン)、この怪獣を知ってるか？」

『うん、アレは〝百足(むかで)の怪獣〟といって長い胴体に100本の足が生えた大型怪獣だよ。頭部に生えた牙からは猛毒を飛ばしてくるから、注意してねぇ～』

「わかりました。それで私たちはどう動けばいいんです？」

『百足の怪獣は硬い殻に覆われていて、通常の弾は通らないと思うんだ。でも頭部下面にある口元に核があるから、そこを狙ってぇ！　1人が陽動、1人が強襲を担当すればイケるはず！』

「了解。それじゃ俺が陽動をやるから――」

「ええ、仕留めるのは任せてください」

俺たちがそんな手筈を整えていると、ようやく巨大な百足の怪獣が見えてくる。市街地の真ん中で暴れ回るムカデのような怪獣は全長30メートルはあり、全身を包む殻はさながら鎧のよう。

2つの班が百足の怪獣と戦っていたが、どうやら手こずっているようだ。

「加勢にきたぞ！　後は任せろ！」

「んなっ……コイツは俺たちの獲物だぞ！　第8地区の方はどうした⁉」

「そんなのとっくに終わりましたよ。ほら退いて！」

「そら、こっちだムカデ野郎！」

突撃銃の銃撃を浴びせながらヤツの注意を引く。しかしまるで効いている気配はない。

なるほど、これは確かに並の銃弾は通らないかもな。

『シュワァァ！』

百足の怪獣はすぐに俺の方へ向いて猛毒を吐きかけてくるが、ミョルニル・スーツを着込んだ今の状態なら回避するのは難しくない。

「そうそう、そのまま……俺の方を向いてろよ。そうすりゃ――」

ビルとビルの間を跳躍し、空中高くへ飛び上がる。

無防備となった俺に対して百足の怪獣はグワッと牙を広げ、勢いよく襲い掛かるが――

「──これでゲームセット」

注意が俺へ向けられた間に彼女が頭部下へ滑り込み、突撃銃（パルスライフル）を発砲。殻に覆われていない弱点ごと核を撃ち抜かれた百足の怪獣は絶命し、そのまま崩れ落ちる。

その光景を見ていた第6班と第7班の隊員たちは啞然（あぜん）とし、

「マ、マジかよ……すげえ……」

「これが最優秀成績入隊者の実力……！」

「アイツら、本当に俺たちと同じ新人かよ……!?」

驚きを隠せないでいるらしい。

──と同時に、

『訓練終了！　皆よくやった！』

市街地──を模した訓練場に響き渡るアズサの声。

その声を聞くや、俺とセルホは目元に備えた戦術VRゴーグルを外した。

「ふぅ……VR訓練とわかってはいても、やっぱ緊迫感あるよなぁ」

「ええ、本物と戦ってるんじゃないかって思うレベルですね。それより最後の、なんですかアレは」

「最後のって？」

「陽動のために空中へ飛び上がりましたよね！　あんな無防備晒して、こっちのタイミングが少しでもズレてたらやられてましたよ⁉　もっと上手いやり方あったでしょう⁉」

「でも、お前はきっちり仕留めてくれただろ？　俺はお前を信じてるからな」

「なっ、だ、だからそういうことじゃなくて……！」

「俺の背中はお前に預ける。これからもよろしく頼むぜ、セルホ」

「っ！　も、もうっ、ホントになにかあっても助けてあげませんから！」

プンプンと怒ってそっぽを向くセルホ。

俺たちがそんな会話をしていると、

「セルホ隊員の言う通りだぞ、シン隊員」

俺たちの下へアズサがやって来る。今回の訓練では、アズサは教官として立ち会ってくれている。

「防衛隊員の役目は怪獣を倒すことだが、同時に生きて帰ってくることでもある。命を投げ出すような戦い方をしてる内は、『ホワイト・レイヴン』正規隊員への昇格など夢のまた夢だ」

「うぐっ……で、でも俺はセルホを信じて……」

「上官に反論した罰として腕立て伏せ、腹筋、スクワットそれぞれ３００回」

「鬼か！　たった今ＶＲで怪獣倒したばっかなのに!?」

「文句があるなら私との組手もプレゼントするが？」

「……謹んでやらせて頂きます、上官殿」

アズサとの組手なんてやらされたら、失神して医務室に担ぎ込まれる未来しか見えん……。あの巨大な大斬刀（クレイモア）を振り回す腕で投げ飛ばされたら……と思うとゾッとする。

「それはそれとして……今日のＶＲ訓練の結果は悪くなかったぞ。入隊３週間でここまでスムーズに怪獣を倒せるようになるとは思わなかった。もっとも、マオ隊員の指揮（オペレート）があってこそなのだろうが」

『きょ、恐縮ですぅ！』

管制室でオペレーターをしていたマオの声が響く。実際問題、彼女がいるかいないかで戦いやすさは大幅に変わってくる。マオは言わば怪獣の攻略本で、彼女の指示を俺たちが再現さえできれば勝てるという図式だ。そういう意味では、俺やセルホよりマオの重要性は高いかもしれない。

「今日のＶＲ訓練はここまでにしよう。それと……ＶＲでこれだけ戦えれば、実戦に連れていく日も近いと思う。３人共、どうか気を引き締めておいてくれ」

「「了解！」」

ザッと敬礼する俺たち。

実戦……。そうだ、いくら訓練で怪獣を倒せても実戦で倒せなきゃ意味がない。

それに、１年後には破壊の怪獣が現れるんだ。こんなとこでいい気になってちゃダメだよな。もっと強くならないと……！　そのためには多少つらい訓練だって――

「では、本日は解散。……ああ、やっぱりシン隊員は残って私と組手だ」

「それだけは嫌だあぁぁぁッ！」

――ＶＲ訓練終了後、俺、セルホ、マオの３人は食堂で夕食を取っていた。周りには俺たち以外にも大勢の防衛隊員がおり、食堂はガヤガヤと賑わっている。

「つ……疲れた……。アズサの奴、ちょっとは加減しろよな……」

ぐったりと肩を落とし、辛うじて動く指先でスプーンを摑む俺。

結局あの後アズサとの組手で散々投げ飛ばされ、２回ほど失神した。その度に頰を叩いて起こされたけど。骨や関節が全て無事なだけでもよかったよ……。

そんな俺に対し、セルホはカレーを食べながら、

「あのクレイモア・レイヴンから直々に、しかも組手で訓練してもらえるなんて普通ない

ですよ？　もっと嬉しそうな顔したらどうです？」

「ありがたくはあっても嬉しくはねーよ……。そんなに言うなら今度お前がやってもらうか……？」

「そうですね、折を見てお願いしてみましょうか。ワクワクします」

絶対やめといた方がいいと思うんだが……コイツは本当に向上心の塊というか……。

まあ、それだけアズサを尊敬してるんだろう。そんな心意気があるから、前の世界線でも『ホワイト・レイヴン』の隊員になれたんだろうしな。

俺たちがそんな会話をしていると、

「ようお2人さん！　さっきはすごかったな！」

「次は横取りさせねぇぜ！　すぐアンタらに追いついてやるから、今に見てな！」

さっき一緒にVR訓練をしていた新人防衛隊員たちが声をかけてくれる。

どうやら今年入隊した隊員たちにとっての〝超えるべき目標〟は俺とセルホであるようで、日々訓練に精を出しているらしい。

まさか、かつて入隊すらできなかった俺が同僚から羨望の眼差しを向けられるとは……考えてもみなかったな。

「ふ、2人とも尊敬されてるなぁ～……。羨ましいよぉ～……」

そんなことを言いながら、カレーに激辛ソースをドバドバとかけまくるマオ。

「……マオ、それ辛くないのか？」

「ううん、全然〜？　むしろ食堂に置いてあるホットソースは刺激が少ないくらいだよぉ。来週にはもっと強力なデス・オブ・デスっていうホットソースを取り寄せようと思ってるからぁ、２人もどお〜？」

「い、いや、遠慮しておく……」

「私もいいです……」

やや引き気味に答える俺とセルホに「むぅ、美味しいのにぃ〜」と残念そうにするマオ。

彼女は真っ赤になったカレーを一口食べると、

「そういえば〜、２人はどうして防衛隊に入ろうと思ったのぉ〜？」

藪から棒に切り出す。

「どうしてって……そういうマオはどうなんだよ？」

「私は、人の役に立ちたかったからだよぉ。実は私、昔住んでいた街を怪獣に襲われたことがあってぇ……小戸島事件って覚えてるぅ？」

「！　それって12年前に起きた、小さな離島を怪獣が襲った事件よね。大型怪獣が島に現れて、島民に多くの犠牲者が出たっていう……」

「最終的には防衛隊が怪獣を追い払ってくれたけどぉ、私のお家も怪獣に壊されちゃって島から離れるしかなくなったのぉ。でも私たちのために恐れることなく怪獣に立ち向かう防衛隊員の人たちを見て、私もああなりたいって思ったんだぁ！」

ふんす！と胸を張って言い切るマオ。だがすぐに頭を垂れ、

「そのためにすっごく勉強して、色んな怪獣の知識を頭に入れたけどぉ～……いざ防衛隊に入ってみると、運動音痴の私じゃ人のために戦うなんて無理っぽいって、そう感じるなぁ～……」

「そんなことはない」

自信なげにするマオに、俺は反論する。

「マオの頭脳と知識は、これからものすごく多くの人を救うはずだ。なにも現場で活躍するだけが人助けじゃない。現にマオは俺やセルホを助けてくれてるだろ？　少なくとも、俺はマオに感謝してるぞ」

「う、うぇぇ……？　そ、そうかなぁ……？　そう言われると、なんか照れちゃうかもぉ……」

照れ臭そうに俯くマオ。数十万種の怪獣のデータを覚えてられるってだけでも十分すぎるほど凄いんだから、もっと自信持てばいいものを……。

「マオが防衛隊（ユニオン）に入った理由はわかった。俺はやっぱりアズ——いや、クレイモア・レイヴンと一緒に戦うためだな！」

「はい、知ってます」

「それはぁ、なんとなくわかってたよぉ〜」

「お前らなんかリアクション悪くない⁉　俺の志望動機ってそんなにつまらんか⁉」

反応の薄い2人に憤りを覚える俺。

そりゃまあアズサに憧れて防衛隊（ユニオン）に入るヤツなんてごまんといるんだろうけどさ……。

それでもこっちは幼少期を一緒に過ごした仲なんやぞ……。

「だって貴方（あなた）、クレイモア・レイヴンと一緒にいる時は本当に楽しそうな顔してるんですよ。どうせ昔からの友人かなにかで、一緒に防衛隊員になるのを約束した〜とかそんな感じなんじゃないですか？」

「ぐぅ……だいたい合ってるが……。でも俺とアイツはただの友人なんかじゃない。少なくとも俺にとっては恩人であり……本当の意味で大事な人だ」

「……そうですか」

俺が言うと、セルホは何故（なぜ）か不機嫌そうに顔を背ける。なんで？

あ、セルホもアズサに憧れてるんだもんな。まるで「クレイモア・レイヴンは俺のものだ（キラキラ）」みたいな言い方をされるのが気に食わないのか。

「ま、まあ俺はそんな感じで！　それでセルホ、お前はどうなんだよ？」

「シンには言ったじゃないですか。会わなきゃならない人がいるからだって」

ため息交じりにセルホは答える。

ああ、そういえば最初に会った時にも言ってたな。会わなきゃならない大事な人がいるって。

「そういえば、その人には会えたのか？　一応形式上は『ホワイト・レイヴン』には入れたワケだが……」

「……いいえ、まだ会えてません」

「？　ならどうすれば会えるんだよ？」

「わかりません、私にも」

「？？？」

なんとも要領を得ない回答をするセルホ。

俺はますます混乱し、

「……『ホワイト・レイヴン』に入れたのに会えてないって、どういうことだ？　そもそも、お前が会いたい人ってのは誰なんだよ？」

「それは……言えません。『ホワイト・レイヴン』隊員の個人情報は防衛隊によって全て秘匿される。貴方だってクレイモア・レイヴンとの関係を詳しく話せないでしょう？　それと一緒ですよ」

「それは……そうかもしれんが……。でも会い方がわからないってのは……」

俺が言うと、セルホはカレーを食べる手を止めてスプーンを置く。

そしてしばしの沈黙の後、

「………私、本当はその人のことをほとんど知らないんです。小さい頃に1度会ったきりで、もう顔も声もおぼろげにしか思い出せない。私が知っているのは、その人の名前と『ホワイト・レイヴン』に所属しているっていう情報だけ。それだけを頼りにここまで来ました。だけど……」

いざ『ホワイト・レイヴン』に入ってみれば、そんな人はいなかった――ってことか。

どうにも腑に落ちない俺は、

「名前はともかく、『ホワイト・レイヴン』の隊員ってのは事実なのか？　それ自体がデマって可能性は――」

「そんなのありえません！　だってその情報は――っ！」

バンッ！とテーブルを叩いて立ち上がり、声を荒らげるセルホ。そんな彼女の姿に気圧され、俺とマオは言葉を詰まらせてしまう。

セルホはすぐに場の空気を察したらしく、

「あ……ご、ごめんなさい……」

「い、いや、俺の方こそ軽はずみなこと言って悪かった」

「セルホさんはぁ、本当にその人に会いたいんだねぇ～」

マオの言葉に対し、セルホはこくりと小さく頷いた。

「……私は、どうしても彼女に会いたい。私に残ってるのは……もうあの人しかいないんです」

「セルホ……？」

「大丈夫……大丈夫ですよ。いつか必ず出会える。きっと私を試しているんです。そうに決まってます。とにかく私は、今できることを全力でやる。それでいいんですよね、シン」

「あ……ああ、そうだな。とにかく今は、正規隊員になることを考えよう」

頷いて答える。……歯痒いけれど、今の俺にはそんな言葉しか言ってやれなかった。

一言で『ホワイト・レイヴン』と言っても、実際に部隊を構成する隊員は様々な者たちがいる。アズサやコマンダー・ライデンを始めとした実働部隊だけでなく、それを補助するオペレーターや武器防具の整備班など、表に出てこない隊員は常に一定数存在するのだ。

加えて言えば、国家を代表するエリート部隊である『ホワイト・レイヴン』の隊員は日本各地に派遣されたり他国での合同演習・訓練・教導などで本隊から離れることも多く、メンバー全員が一堂に会することは稀(まれ)とも。

事実、この数週間で俺が会った実働部隊メンバーはアズサ(クレイモア・レイヴン)、コマンダー・ライデン、ボックス・ルーの3人だけだが、知っている限りもっと実働部隊員はいたはず。

だから色々な要因が噛(か)み合って、運悪くセルホは探している人とすれ違っているだけ、とも考えられるのだが……。

……ただ、どうしてもあのことが頭をよぎる。

〝……『ホワイト・レイヴン』の隊員が…………1人、死んだって……〟

アズサの言っていた、隊員の死。

まさか、そんなことあるワケ――俺は自分に言い聞かせる。

そうだよ、そんな偶然あるはずない。だって、もしそんなことがあれば――セルホはなんのためにここまで――。

そう思った、まさにその時だった。

ビー！ビー！という警報音が、食堂の中に響き渡る。

『隊員全体に通達。東京湾沿岸にて高濃度のグリフォス線を感知。防衛隊(ユニオン)は防衛状態を危険度レベルⅣ(ハザード・フォー)に引き上げます。各隊員は部隊の指示に従い、戦闘準備を行ってください』

恐らく基地全体に流れたであろう電子音声の警戒警報(スクランブル・アラート)。

それを聞いた俺たちは一瞬で意識が切り替わる。だが同時に、身が強張(こわば)るような緊張感も覚えた。

「危険度レベルⅣ(ハザード・フォー)……!?　レベルⅢやⅡを抜かして、いきなり……!?」

「そ、そんなにすごい怪獣が現れたのかなぁ……!?　危険度レベルⅣ(ハザード・フォー)なんて、もう何年も出ていないはずじゃ……！」

怯(おび)えるマオ。

防衛隊(ユニオン)の防衛状態は、通常5段階の危険度(ハザード)で表される。平時のレベルⅠ、怪獣出現を表すレベルⅡ、大型怪獣が複数出現した時のレベルⅢ、防衛隊(ユニオン)にとって脅威度の高い状況になった場合のレベルⅣ、そして最高度の脅威を示すレベルⅤ。

つまりたった今発令された警報は、防衛隊(ユニオン)にとって脅威度の高い怪獣が現れたことを意味する。普通ならレベルⅡやレベルⅢをすっ飛ばして危険度レベルⅣ(ハザード・フォー)なんてありえない。

──嫌な予感がした。

東京湾から現れた怪獣。防衛隊が警戒するほどの高い脅威。

……思い当たる怪獣が、1体だけいる。だがヤツが現れるのは1年近く先のはずだ。こんなに早く現れるはずがない。考えるな、違う怪獣が現れたに決まってるんだ──。

俺が自分にそう言い聞かせていると、セルホが席を立つ。

「とにかく、コマンダー・ライデンのところへ行きましょう！　私たちにもできることがあるかもしれません！」

「あ、ああ……そうだな……！」

彼女に急かされるように食堂を後にし、『ホワイト・レイヴン』の指令室に向かう俺たち。慌ただしく廊下を行き交う防衛隊員たちとすれ違いながら指令室に入ると、そこにはアズサの姿があった。

「3人とも、来たか」

「クレイモア・レイヴン、状況は⁉」

「まだ詳細はわからない。しかし現時刻で既に沿岸の防衛線を突破されているらしい。相当強力な怪獣が現れたのは間違いないだろう」

「そうか……『ホワイト・レイヴン』はどうする？」

「ライデン隊長が上層部と連絡を取り合って、今さっき投入が決まった。我々はこれから現地へ向かうが……正直、現状だと猫の手も借りたい。悪いが3人にも協力してもらうぞ」

アズサは俺たち3人の目を見て、

「――シン隊員、セルホ隊員、マオ隊員、これが諸君らの初陣となる。厳しい戦いが予想されるが、訓練の成果を遺憾なく発揮せよ。総員、準備にかかれ！」

「「「了解！」」」

◷　◶　◵　◴

――武装した汎用ヘリに乗り込み、現地へと向かう俺たち。

真っ暗な中で赤いライトだけが光る機内には、ミョルニル・スーツと突撃銃（パルスライフル）を装備した俺とセルホ、そしてアズサ（クレイモア・レイヴン）、コマンダー・ライデン、ボックス・ルーの姿。

皆緊張の面持ちで、到着を今か今かと待っている。

『報告、あと2分ほどで降下ポイントに到着。乗員は懸垂下降（ファストロープ）の準備を』

機内に響くヘリパイロットの音声。それを聞いて、俺たちは立ち上がる。

大斬刀（クレイモア）を持ち上げたアズサは、

「──パイロット、前方になにが見える？」

『……デカい怪獣です。途方もなく、まるで山みたいにデカい化物が動いてる。あんなのは……見たことがありません』

どこか怯えたように答えるパイロット。

いよいよ降下準備の整った俺はドアを開け、外の光景を見る。

そんな俺の目に映り込んだのは──

『市民の皆様にお伝えします。只今、国家非常事態宣言が発令されました。防衛隊日本支部は、防衛状態を最高レベルの危険度レベルVに引き上げます。市民の皆様は付近の防衛隊へ保護を求めるか、付近の地下シェルターへ退避して下さい。繰り返します──』

上空まで響き渡る大音量の読み上げ音声。

──都市が、燃えている。

無数のビルが薙ぎ倒され、立ち昇る黒煙が空を覆い、衝突して数珠繋ぎとなった車たちが道路を覆う。

そして──

『ヴゥオオオオオオオオオオオオオオオオオオオオオオオオオッッッ!!!』

推定全長６０００メートルはあろうかという途方もない超々巨体に、溶岩のような真っ赤な血管が無数に覗（のぞ）く分厚い黒皮膚。異様に突き出た鰐（ワニ）のような口と鋭い歯。地面を擦（こす）る３本の尻尾。背中から伸びる４本の触手にはまるで刃物のような鋭い突起が付いている。

その身体（からだ）はあまりにも大きく、上空から見下ろしても全体を把握し切れない。さっきパイロットが言った通り、まるで山が動いているかのようだ。

『本部（HQ）へ、こちらベイカー大隊Ａ（アルファ）中隊！　もう抑えられない！　航空支援はまだか⁉』

『こちら第１戦車中隊、通常の対怪獣用徹甲弾（APDS）は効果なし！　繰り返す、通常砲弾は効果なし！　劣化ウラン弾の使用許可はいつ下りるんだ！』

混線する無線通信から聞こえてくる、幾多の焦声。

地上では防衛隊員たちが必死に抗戦し、主力戦車や自走多連装ロケット砲などの装甲戦力まで投入して進撃を阻止しようとしている。さらに俺の乗るヘリの上空を戦闘機が音速で通過し、空爆を敢行。大きな爆炎が巻き起こるが、超々巨体の怪獣が止まる様子は微塵（みじん）もない。

――見紛（みまが）うものか。その姿を忘れるものか。

現れたのだ、ヤツが。前世界線で日本を滅ぼし、世界を滅ぼし、そしてアズサをも殺した最強最厄の怪獣――〝破壊の怪獣〟が。

「……なんでだよ……どうして……お前はまだ……！」

再び奴（やつ）の姿を見た俺は茫然（ぼうぜん）と立ち尽くし、戦慄する。

早すぎる――現れるのが――。

破壊の怪獣が日本を襲うのは２０４２年６月13日だったはずだ。今日は２０４１年７月4日。前世界線で現れた日から1年近くもズレている。

何故（なぜ）だ、どうして……？　まさか俺が時間跳躍（タイムリープ）したせいで、バタフライエフェクトが起きたっていうのか……？

俺は困惑を隠せなかったが、

「シン隊員、気をしっかり持て！」

アズサの怒号が、意識を現実に引き戻す。

「敵を前に臆するな！　訓練を思い出せ！」

「は、はいッ！」

「……大丈夫だよ、私がシンも守るから」

最後にアズサは少しだけ笑って、俺にそう言ってくれた。

「善（よし）！　総員降下！」

ヘリは降下ポイントに到着し、コマンダー・ライデンの号令と共に俺たちは地上に懸垂下降する。

「予定通り、我々『ホワイト・レイヴン』はあの超巨大怪獣に強襲をかける！　今の進行ルートのままヤツが進めば、東京全土が踏み荒らされるだろう！　そんなことは、このコマンダー・ライデンの目が黒い内は許さん！　なんとしてでも、あの怪獣を止めるのだ！」

「相手がヘビー級でも関係ない。ルーがノックアウトしてやる」

これまで見たことがないほどの気迫を見せるコマンダー・ライデンとボックス・ルー。

どうやら彼らも、破壊の怪獣が相当手強（てごわ）い相手であると理解しているらしい。

アズサも大斬刀（クレイモア）を肩に担ぎ、

「シン隊員とセルホ隊員は、逃げ遅れた一般人や怪我人（けがにん）の救助を頼む。ただいつでもこちらのバックアップには入れるようにしておいてくれ。マオ隊員、2人への指示（オペレート）は任せた」

『は、はいぃ！』

無線機の向こうでカチコチに緊張した返事をするマオ。

コマンダー・ライデンは対怪獣用ビッグ・トンファーを構え直し、

「では行くぞ！　『ホワイト・レイヴン』――出撃ッ!!!」

コマンダー・ライデン、アズサ（クレイモア・レイヴン）、ボックス・ルーの3人はバッと飛び上がり、破壊の怪獣へと向かって行く。

俺とセルホもその後に続くが、

「まさか最初に戦う相手が、あんなデカブツになるなんて……。マオ、貴女あの怪獣のこと知ってますか？」

『う、ううん……私の知っている中で、あんなに大きな怪獣はいないよぉ……。地球上に現れた怪獣で過去最大の個体は2000メートルくらいだったと思う。でも情報によると、あの怪獣の全長は推定6000メートルはあるとか……そんな怪獣がいるなんてぇ……』

あらゆる怪獣の知識を持つマオでも知らないのは当然だ。破壊の怪獣は前世界線でも観測されたことのない未曾有の大怪獣と呼ばれて、人類の文明を滅ぼしたほどなのだから。正真正銘、初めて人類の前に現れた大怪獣。そもそもあんなものが何匹もいたら、世界が何度滅んでいるかわからない。

「……マオ、どうすればアイツを倒せるか見当はつくか？」

『ええと、通常の怪獣と同じなら核を破壊すれば……しかしあれほど巨大となると、まず頭部を破壊して動きを止めてから――』

マオがそう言ったまさにその直後、破壊の怪獣の頭部で巨大な爆発が起きる。おそらく『ホワイト・レイヴン』の誰かの攻撃だったのだろうが、その一撃で破壊の怪獣の上顎から上が綺麗に吹き飛んだ。

地面に倒れ、一瞬動かなくなる破壊の怪獣。だがグジュルグジュルという気色悪い音が聞こえてきたかと思うと、あれほど大きな頭をすぐに再生してみせた。

そうして再び動き始める破壊の怪獣を見て、セルホが絶句する。

「な……なんですか、アレ……？　今、たしかに頭が吹っ飛びましたよね……？　マオ、今なにが起こったんです……⁉」

『あり……えないよ……。いくら核が無事だからって、あんな質量の、ましてや頭を一瞬で再生するなんて……！　そんな怪獣はこれまで……そんな生命体はいるはずが……いていいはずがないよぉッ！』

悲鳴にも似たマオの叫びが無線機から響く。

今彼女がどんな顔をしているのか、俺にはよくわかる。だって俺も前世界線で見たのだから。目の前でアズサが破壊の怪獣の頭を粉砕したのに、すぐに復活したあの光景を。

『ヴゥオオオアアアアアアアッ！』

頭部が再生した破壊の怪獣は、巨大な口をバックリと開ける。その喉奥が赤く光ったかと思うと――直後に、赤熱色の熱射ビームが放たれた。

薙ぎ払うように放たれた熱射ビームによって、抗戦していた戦車や防衛隊員たちは根こそぎ蒸発。さっきまで混線していた無線通信の声々も一瞬で消失した。

——業火に焼かれる街並み。儚く崩れ行く建造物。周囲は焦土と化し、夜闇の空がさっき以上に深紅に染まる。それはまるで、たった今殺された者たちの血の色にすら見えた。

「…………………嘘、でしょ……。あんなのに、勝てるワケ……」

セルホが力なく地面に膝を突く。

恐怖と絶望、そして諦観。彼女の目にはそれだけが映る。

やっぱり、同じだ。このままじゃ前と同じ結末になっちまう。

アズサたちだけじゃ、破壊の怪獣を倒せない。皆死んで、なにもかもが破壊されて……。

だけど——今ここには、俺がいる。

そう————〝刻の怪獣〟が。

「……セルホ、ちょっと銃を預かっててくれ」

俺は手にしていた突撃銃を、セルホに持たせる。

「は……？　シン、なにを——」

「さっき言ったよな、今はできることをやるだけだって。だから俺は……俺にできることをやってくる」

そう言い残して、俺は走り出す。

呼び止めようとするセルホを尻目にミョルニル・スーツの力を解放し、幾つか建物を飛び越える。そして周囲に人気（ひとけ）がない場所まで来ると、

「――ォォォオオオオオアアアアアアアアアアアッッッ!!!」

咆哮（ほうこう）。ドクン！と爆発するように胸の奥が鼓動し、地面を蹴り飛ばす足がコンクリートを叩（たた）き割る。

『市民の皆様にお伝えします。只今、区内に設置された怪獣線計測器（グリフォス・カウンター）によって非常に高いグリフォス線が検出されました。推定グリフォス線出力は10万。極めて高い脅威が予想されます。市民の皆様は――』

スピーカーから流れる読み上げ音声（アナウンス）。

全身の血が沸き上がり、身体（からだ）が変化していくザワザワとした感覚。

闘争心、破壊衝動、怒り、そして渇くような殺意――。それらが心を染め上げた時――

俺の全身は、人であることを捨てた。

『――行くぞ、破壊の怪獣。この〝刻（とき）の怪獣〟が、あの時の無念を晴らす……ッ！』

逆関節となった足で地面を蹴り、長い爪と尻尾で風を切る。そして瞬く間に、超巨大な破壊の怪獣へと肉薄した。

――頭を狙っちゃダメだ。頭部を破壊してもどうせすぐに再生される。

狙うべきは――〝核〟！

破壊の怪獣の胴体沿いを移動し、核の位置を探る俺。とはいえこれだけの巨体では、どこに核があるかなど容易には判断できない。

俺がヤツの弱点を探している間にも、壊れかけたスピーカーの音声が発信を続ける。

『市民の皆様に――只今(ただいま)、区内に――怪獣線計測器(グリフォス・カウンター)――超高濃度のグリフォス線が――推定グリフォス線出力は23万。過去に前例のない――が予想されます。市民の皆様は――』

途切れ途切れの中でも聞こえた、破壊の怪獣のグリフォス線出力。

推定グリフォス線出力23万――刻(とき)の怪獣と比べても倍以上強いのか。できれば知りたくなかった情報だな。

グリフォス線出力は、その怪獣の強さを表す指標。数値が高いほど強力な怪獣であり、人類にとって脅威ともなる。

その出力に倍以上の差があるのは絶望的だが、グリフォス線の数値が必ずしも戦いの結果を決定するワケじゃない。まだ望みはあるはずだ。

……いや、そうじゃないな。望みなんてあろうがなかろうが、やるしかないんだ。

見せてやる——刻の怪獣の力が、どれほどのものか——。

俺は高層ビルの壁面に張り付いて、壁に尻尾を突き刺す。そしてグリフォス線が漏出するほど全身に力を溜めて、

『オオオオオオオォォォッッッ!!!』

全力を解き放つ。壁を蹴って身体を旋回させ、破壊の怪獣に突貫。

蹴った反動で高層ビルは中央からへし折れて崩壊し——破壊の怪獣の胴体が、台風の目のようにえぐり抜かれた。破壊の怪獣は全高だけで何百メートルもあるが、その巨大すぎる胴体に風穴が空く。

『まだまだアアアアアアアアアアアアッッッ!!!』

破壊の怪獣の胴体を貫通した俺は再びビルの壁に張り付き、突撃。破壊の怪獣の長大な胴体を右から左へ、左から右へ——まるで跳弾する弾丸のように、ヤツの身体を穴だらけにしていく。

戦車の砲弾でも傷一つつけられなかった超巨体を、こんなに容易く喰い破る刻の怪獣の力。これなら——勝てる——！

そして何度目かの突撃の後、

『！　見えた、アレが〝核〟か！』

空けられた風穴から、核らしき物体が僅かに露出した。大きな心臓のようなソレはドクンドクンと脈打っており、明らかに臓器であることが見て取れる。

アレだ。アレさえ壊せば……！　俺は勝機を見出し、再び旋回突撃の構えを――

「っ⁉　お前はあの時の怪獣……！　何故ここにいる⁉」

攻撃を行おうとした瞬間だった。俺のいる場所にアズサが現れる。

彼女は刻の怪獣の姿を覚えているらしく、幸いなことにすぐには斬りかかってこない。

「この攻撃はお前が……⁉　お前はいったいなんなんだ⁉　人間の敵なのか⁉　それとも味方なのか⁉」

『……』

酷く困惑した様子で叫ぶアズサ。そんな彼女に対し、沈黙で答える俺。

――できれば、彼女が俺の存在に気付く前に破壊の怪獣を仕留めたかったが……しかしコマンダー・ライデンやボックス・ルーがこの場にいないのは不幸中の幸いか。もし彼らが今の俺を見たら、攻撃してこないという保証はどこにもないからな。

そう思っていると、破壊の怪獣に空いた風穴はグジュルグジュルという音と共に塞がる。

同時に背中に生えた巨大な触手が、俺たち目掛け襲い掛かってきた。

『くっ⁉』

回避する俺とアズサ。流石にさっきの連続旋回突撃は破壊の怪獣の気を引いたらしく、直進しかしていなかった超巨体がはじめて身をよじる。

『ヴォオオオアアアアアアッ！』

振り回される触手の猛攻。周囲の建物を薙ぎ倒して灰塵を巻き上げ、周囲一帯が砂煙に包まれる。

しまった――これじゃ視界が――！　戦闘が長引くほどこちらにとっては不利。そう判断した俺は再び旋回突撃の構えをとるが、

「ゴホっ……！　待て怪獣！　貴様、そこを動くな！」

呼び止めようとするアズサ。だが――彼女が俺に注意を向けたことが、まさに一瞬の隙を生んだ。

俺は目撃する。アズサの背後、濛々とした灰塵の奥に、揺らめくような赤熱色の光を。

『――ッ！　アズサ、避けろォッ！』

「え……？」

もうなにもかもが遅かった。

破壊の怪獣は長大な首を大きく捻り――赤熱色のビームを放った。

「あ――」

アズサの全身が、もう1度真っ赤な光に飲み込まれる。あの時と同じように、俺の目の前で。まるで再現されるかのように。

赤熱色のビームは灰塵を振り払い、射線上の建物を全て溶かし尽くす。そしてヤツが口を閉じる頃には、アズサの姿はもうどこにもなかった。

『あ……あ……ああ……っ！』

こんなの――嘘だ――。

俺は、また助けられなかった。俺は、また変えられなかった。

結局、またこうなってしまった。

運命を変えるはずだったのに――今度こそアズサを救ってみせるって決めたのに――。

『ォォォォォォォオオオオオオオオオオオオオオオオオオオオオオオオオオオオオオオオオオオオオオオアアッッッッ!!!』

灰塵と炎の中で咆哮する。そして持てる力の全てを使い切り、破壊の怪獣の超巨体に突っ込んだ。

――〝核〟が穿通（せんつう）される。超巨大な胴体に特大の風穴が空き、そこにあったであろうヤツの心臓を跡形もなく喰い破る。

核を失った破壊の怪獣は動きを止め、ゆっくりと倒れる。建物を押し潰し、砂煙を巻き上げ、とてもあっけなく。

――倒した。遂（つい）に、あの破壊の怪獣を。世界を滅ぼした厄災を。

でも……でも結局、アズサは……。

『どうしてなんだ…………俺は、なんのために…………』

怪獣の姿のまま、力なく地面に膝を突く俺。

自分の無力感に絶望し、もうなにも考えられなくなっていた時――――〝グジュル〟という音が、どこからか聞こえた。

『……！』

俺は頭を上げ、破壊の怪獣を見る。

まさか――ありえない――。

俺は自分に言い聞かせる。きっと空耳だと。核を破壊されて生きていられる怪獣など――核を再生させられる怪獣など――存在するはずがない、と。

けれどグジュルグジュルという音はどんどん大きくなり、破壊の怪獣に空けられた風穴はみるみる塞がっていく。そして穴が塞がり切ると同時に――ヤツは、起き上がった。

『ヴゥゥ……オオオアアアアァァァ……ッ!』

『……嘘だ……嘘だろ……なんでだよ……じゃあどうやったら、お前は……!』

不死身――そんな言葉が頭をよぎる。

頭を潰され、核を破壊されても、死なない。そんな化物、どうやったら――。

俺はもう戦う気力を失っていた。どう戦っていいかもわからなかった。

――破壊の怪獣と目が合う。

大きな口がバックリと開けられ、喉奥が赤く光る。直後に赤熱色の光が放たれたと思った瞬間、俺は目の前が真っ暗になった。

◷ ◶ ◵ ◴

「――――さい――――ください――――」

誰かの声が聞こえる。

たぶんまだ若い女性の声だろう。

「このっ、起きろって言ってるじゃないですかッ!」

バチーン!と爽快な音を立てて俺は頰(ほお)を引っぱたかれる。

その痛みで目を覚ました俺に対し、

「走れますか!?　走れますよね!?　すぐ逃げますよ！」

そう叫ぶセルホ。

——この光景を見るのは、これでもう3度目だ。

「……ああ、そっか……また戻ってきちまったんだな……」

「はあ!?　なにを言ってるんですか、しっかりしてください！　って、来た！」

『ギギギ————ッ!!!』

襲い来る兵隊蟲(へいたいむし)の怪獣たち。直後、上空から落ちてきた人影と大斬刀(クレイモア)が怪獣たちを吹っ飛ばす。

「本部(HQ)へ、作戦区域内ポイントエコーにて民間人を確認。数は2名。送れ(オーバー)。……了解。コードネーム〝クレイモア・レイヴン〟、これより救助と殲滅(せんめつ)を開始する」

現れたアズサが殲滅を始める。少し遅れて他の防衛隊員たちもやって来て、俺たちは保護される。

すぐに周囲の兵隊蟲の怪獣を全滅させたアズサは、

「避難勧告は出ていたはずだ。どうして民間人がまだ——って、シン？」

俺たちの下へやって来るが、俺は彼女の顔を直視することができなかった。

「アズサ……ごめん……俺は結局、またお前を……」

──お前を死なせてしまった。あの時と同じように目の前にいたのに、救うことができなかったんだ。

後悔と無力感だけが募る。今目の前にいる現世界線のアズサは、当然なにも知らない。詫びたところでどうにもならない。だがそれでも、俺には割り切ることなどできなかった。

「シ、シン？　どうしたの？　まさか、どこか怪我した⁉」

「………いや、大丈夫だ。俺のことはいいから、もう行ってくれ……」

「？　行くって、どこに──」

アズサの無線機が鳴る。

コマンダー・ライデンから兵隊蟲の怪獣の大量発生を聞かされたであろうアズサは、

「……了解。第7小隊、第8小隊、彼らのことは防衛隊が保護する。あとは任せたぞ！」

それだけ言い残し、アズサは去っていった。

──それからの出来事は全て同じだった。

セルホと入隊試験を受ける約束をして、刻の怪獣となって土竜の怪獣を倒し、入隊試験中に現れた怪獣をセルホやマオと共に討伐した。

そして入隊式の後で『ホワイト・レイヴン』の候補生に選ばれた。

まさに繰り返すように行われた一連の流れは、俺に「運命とは本当に変えられるのだろうか？」という疑問を抱かせるには十分だった。

◷　◶　◵　◴

――２０４１年、７月３日、午後10時45分
夜。防衛隊（ユニオン）の宿舎はもうすぐ消灯時間になる。

セルホやマオは自室に戻って就寝の準備をしている頃だろうが、どうしても寝る気分になれなかった俺は野外訓練場で夜風に当たっていた。

「……明日、か」

――明日、破壊の怪獣が現れる。もし直前の世界線と同じように時間が流れているのなら、間違いない。

だが、奴（やつ）は核を破壊しても殺せない。頭を潰しても核を破壊しても死なない怪獣の殺し方なんて、俺には皆目見当もつかない。しかし破壊の怪獣を倒せなければ、またアズサが死ぬ。仮にどうにかしてアズサと破壊の怪獣を戦わせないようにしたところで、俺がヤツを倒せないなら結末は変わらないだろう。

……本当に、俺に破壊の怪獣が倒せるのか？　俺はアイツに勝てるのか？

いったいどうやれば、あの不死身の化物を――。

「クッソ……どうすればいいってんだよ……」

苛立ち、愚痴が口から零れる。

すると――

「――善！　なにやら悩んでいるようだな、シン隊員！」

訓練場に大きな声が響く。

その声に驚いて後ろを振り向くと、そこにはコマンダー・ライデンが立っていた。

「ライデン隊長！　どうしてここに……」

「無論、栄えある『ホワイト・レイヴン』を預かる者として、夜間の見回りをしていただけのこと！　隊員たちが安心して眠れるように、このコマンダー・ライデンは身を粉にしよう！」

全身の筋肉をムキムキに隆起させ、暑苦しさ満開で言うコマンダー・ライデン。

夜間の見回りて……なにも『ホワイト・レイヴン』の隊長がそこまでせんでも……。そんなことを思う俺だったが、この人なら仕方ないかと特に突っ込みはしなかった。

「それよりもシン隊員！　キミにはなにか悩みがあるようだな！　このコマンダー・ライ

デンで良ければ、相談に乗るが!?」

「それは……」

……言えない。というより、言ったところで理解などしてもらえないだろう。

明日、世界を破滅に追いやる怪獣が現れます。ソイツは頭を潰しても核を破壊しても殺せません。どうしたらいいですか？　――なんて言ったら、頭がおかしいと思われるに決まってる。

「……お気遣いありがとうございます。でも大丈夫ですよ。その……ちょっと自信をなくしてただけなんで」

「ふむ、そうか！　キミが言いたくなければ、深くは聞かない！　しかし困ったらいつでもこのコマンダー・ライデンを頼るといい！」

彼はハッハッハ！と豪快に笑い、俺の横を通り過ぎて訓練場の見回りを続けようとする。しかし少し歩くと立ち止まり、

「――シン隊員！　よく聞き給(たま)え！」

「は、はい!?」

「キミには迷いがある！　だが、それ以上に強い想いもあると私にはわかる！」

「強い……想(おも)い……？」

「悩むな、進めッ！　キミが見果てぬ未来を追う時、未来もまたキミを待っているのだ！　追い求めろ！　執念は決して裏切らない！」

ビッ！と天高くに人差し指を突き立て、彼は声高に叫ぶ。

見果てぬ未来——その一言は、まさに俺の意中を捉えているようだった。

彼は刻の怪獣の能力や破壊の怪獣について当然なにも知らない。だがきっと、俺の表情だけでおおよそどんなことに悩んでいるのか把握したのだろう。

前から思っていたが、コマンダー・ライデンは豪快で直情的なだけの人物じゃない。常に仲間や部下の心に気を配り、優しさと思いやりに溢れ、決して他者を貶さない。実力と経験に裏打ちされた自信とカリスマ性から人心掌握にも長け、リーダーになるべくしてなった叩き上げの防衛隊員。それがコマンダー・ライデンなのだ。

画面越しに見ていた頃は英雄然とした脳筋なのかもと思っていたが、実際に接してみると全く違うことがよくわかる。彼ほど冷静で頭がキレるリーダーは他にいないだろう。事実、俺は彼の部下になれてよかったと心から思う。

「……ありがとうございます、ライデン隊長。なんだか少し、気が軽くなりました」

悩むな、進め——その言葉は、今の俺の心に響いた。

そうだよな、悩んだってどうしようもないんだ。だったら当たって砕けるのみ。

刻の怪獣の能力で、死んでも時間跳躍できるってことはわかってるんだ。なら殺し方がわかるまで、何度だってリベンジすればいい。

「善！　シン隊員の力になれてなによりだ！　それではもう部屋に戻り給え！　そろそろ消灯時間に――」

「こんなところにいたのか、ライデン。ルーは探したぞ」

そうこう話していると、訓練場にボックス・ルーもやって来る。

「本部のお偉いさんから連絡が来てた。お前と話があるそうだ」

「む、そうか！　わかった、すぐに行こう！」

ボックス・ルーに呼ばれたコマンダー・ライデンは、ハッハッハ！という笑い声と共に訓練場から出て行った。しかし彼を呼びに来たボックス・ルーは何故か訓練場に残ったまま、ジーッと俺のことを見てくる。

それにしても、ボクシンググローブを着けたカンガルーに見つめられると流石に威圧感を覚えるな……。

「あ、あの……？　俺の顔になにか……？」

「……コレをやる」

ボックス・ルーはお腹の袋に手を突っ込むと、なにやらパウダー状の物体が入ったプラスチック容器を俺に手渡した。

「これは……？」

「プロテインだ。悩んだ時はコレを飲んでスパーリングするのが一番だ」

ボックス・ルーはそう言うと、くるりと俺に背中と尻尾を向ける。

「……ルーも、自分が何故カンガルーなのか悩む時がある。だが所詮人は人、自分は自分。大事なのは己がどうありたいと願うのか、その意志の方だ。それでも自分がわからなくなったら、汗でも流せ。今度ルーがスパーリングに付き合ってやる。特別だ」

そう言い残すと、彼も訓練場を後にした。

……さっきの言い草からして、俺とコマンダー・ライデンのやり取りを隠れて聞いていたのかな？　もしかして気を遣ってくれた？

ボックス・ルーはぶっきらぼうでストイックなボクサーって印象だったけど、優しいところもあるんだな……。っていうか、自分がカンガルーであることに悩んでたのか……。

まさかカンガルーからプロテインを渡される日がくると思っていなかった俺は、それを大事に抱えて自室へと向かう。

「……憧れの人たちにここまで気を遣われちゃ、もう情けないこと言ってられないよな」

ハハハ、と苦笑交じりに呟く。

——執念は決して裏切らない……大事なのは意志、か……。

待ってろよ、破壊の怪獣。お前に————俺の執念を見せてやる。

——2041年、7月4日、午後7時31分

『ヴゥオオオオオオオオオオオオオオオオオオッッッ!!!』

『ォォォオオオオオアアアアアアアアアアアッッッ!!!』

俺は、破壊の怪獣に再戦を挑む。前世界線と同じ時間に、同じ場所で。

破壊の怪獣が赤熱色の熱射ビームで街を焼き尽くし、俺が旋回突撃でヤツの土手っ腹に風穴を空ける。怪獣と怪獣の猛烈な力のぶつかり合いで建物が崩れ、地面は割れる。

攻撃の威力だけなら破壊の怪獣が上だが、こちらは小回りが利いて圧倒的な攻撃速度を持つ。だから決して不利なはずではないのに——いくら頭や核を穿(うが)っても、ヤツはすぐに元通りになってしまう。

俺は破壊の怪獣の頭部を、原形が残らないほどに潰した。破壊の怪獣の核を、再生される度にぶち抜いた。胴体に何十ヵ所も風穴を空けたり、ワザと捕食されて内側から身体(からだ)を吹っ飛ばしたり、6000メートルもある超巨体を半分ほど二枚おろしにもしてやった。

それでも——それでも破壊の怪獣を殺せない。ヤツの身体を何度滅茶苦茶(めちゃくちゃ)にしようが、

まるで無意味だった。

——破壊の怪獣との2回目の戦いで、俺はまた敗北した。

再び時間跳躍(タイムリープ)してセルホに起こされ、破壊の怪獣との3回目の戦いに挑むが、それでもまた敗北した。

再び時間跳躍(タイムリープ)してセルホに起こされ、破壊の怪獣との4回目の戦いに挑むが、それでもまた負けた。

再び時間跳躍(タイムリープ)してセルホに起こされ、破壊の怪獣との5回目の戦いに挑むが、それでもまた殺された。

戦っては殺される——それを何度も繰り返し続けた。

何度も、何度も何度も負けた。何度も時間跳躍(タイムリープ)を繰り返し、何度も何度も同じ出来事を繰り返し、何度も何度も何度も何度も何度も何度も破壊の怪獣に殺された。

しかも——それだけじゃない。

「待て怪獣！　貴様、そこを——！」

俺が破壊の怪獣と戦っている間に、

「コイツは私が……仕留め……！」

俺がどんな行動を取ったとしても、

「嘘だ……こんなのって……嘘――」

必ず――――アズサが死んだ。

どれだけ彼女の死を回避しようとしても、絶対にそういう結果になるのだ。ある時は熱射ビームで焼かれ、ある時は巨大な足で踏み潰され、ある時は巨大な口で捕食された。

俺は何度もアズサを救おうとした。何度も何度も、何度も救おうとした。

それでも、彼女は死んでしまう。まるでそれが運命だとでもいうように。

だが俺は諦めなかった。何度も何度も時間跳躍しては破壊の怪獣へ挑み、戦いを１００回繰り返し、３００回繰り返し、５００回繰り返し、１０００回繰り返し、５０００回繰り返し、１００００回繰り返し――。

そして１５５３１回目の時間跳躍で、俺の心は砕けた。

◷ ◶ ◵ ◴

──2041年、7月3日、午後6時17分

「…………」

夕暮れの下、俺は防衛隊宿舎(ユニオン)の屋上で1人座り込んでいた。

周囲に人の姿はなく、そよ風が流れる音だけが耳をかすめる。

──明日、また破壊の怪獣が現れる。

ああ……今度はどうやって戦ったらいいのかなぁ。頭を潰して核を貫いて、触手を千切って足をもいで、胴体は隅から隅まで風穴空けたよな。

…………俺は、俺はどうしたらいいんだ？ どうしたら破壊の怪獣を殺せるんだ？ あと何回こんなことを繰り返せばいいんだ？ 俺はどうしてアズサを救えない？ 俺は……どうして、アズサが死ぬのを見なきゃいけないんだ？

もう嫌だ。もう疲れた。もうなにも見たくない。

俺には──やっぱり無理だったんだよ──。

そんなことを思いながら頭(こうべ)を垂れていると、ガチャリと扉が開かれる音が聞こえてくる。

「……見つけた。こんなところにいたんだ、シン」

屋上へ入ってきたのはアズサだった。彼女はコツコツと足音を奏でながら、俺の方へ歩み寄ってくる。

「ああ……アズサか、どうしたんだ？」

「どうしたもこうしたもないわよ。最近シンの様子が変だから、心配で探しに来たの」

「アハハ、そっか……俺なら大丈夫だよ……さーて、そろそろ部屋に戻って……」

立ち上がろうとする俺だったが――そんな俺の肩を、アズサが押さえる。

「……逃げんな」

アズサは半ば力ずくで俺を座らせると、自身も俺の隣に腰掛ける。

「シン……私とアンタは幼馴染、そうだよね？」

「あ、ああ、そうだけど……」

「子供の頃から一緒にいた幼馴染が大丈夫じゃない時の顔くらい、私にもわかる。シンは今すごく無理してる」

「……」

「私がクレイモア・レイヴンとして悩んでる時、シンは幼馴染として話を聞いてくれた。だから今度は……私がシンの相談に乗る番」

「アズサ……」

「シン、話してよ。一体なにがあったの？　どうしてそんなに悩んでるの？」

真剣な表情で、彼女は俺に聞いてくる。

けど……。

「……言えない。言ってもどうせ信じねーよ」

「なにそれ……信じるわよ！　アンタの言うことだったら信じる！　シンは……私のことを信じてくれないの？」

「……」

信じていないワケがない。たぶん、俺は世界で誰よりもアズサのことを信頼している。

──話してしまおうか、と思った。明日には破壊の怪獣が現れることも、アズサが死んでしまうことも。

そうすれば楽になれるだろうか。俺が1人で抱え込む必要はなくなるだろうか。

俺は……このループの中で、孤独ではなくなるだろうか。

「………アズサが、死ぬのを見た」

「え──？」

「何度も、何度もアズサが死ぬのを見た。俺は同じ時間の中を何度もループしてる。明日には世界を滅ぼす怪獣が現れて、またアズサが殺されるんだ。それに防衛隊(ユニオン)の皆も、世界中の人々も……」

震える声で俺は呟く。カタカタと歯を鳴らし、肩を震わせて。

「そうだよ、俺は何度も時間跳躍（タイムリープ）してるんだ。15531回……もうそれだけ同じことを繰り返してる。それなのにアズサを救えない。また……また明日、同じことが起きちまう」

「シン――」

「ハ、ハハ……そうだよな、こんな話信じるワケないよな！　どうせ頭がおかしくなったとしか思わないよな！　もういいから1人に――ッ！」

俺はアズサを拒絶しようとした。こんな話を受け入れられるはずがないと思って。

けれどその時――アズサは、俺の頭をふわりと抱き締める。

「……言ったでしょ、信じるって」

「アズ――サ――？」

「目を見ればわかるもん。シンはおかしくなってないし、嘘も言ってない。……大変だったんだね。つらかったんだね。シンは……私を助けようとしてくれてたんだね」

優しく、ぎゅっと俺を抱き締めてくれるアズサ。

瞬間――俺の目尻から涙が落ちる。

……信じてくれた。受け入れてくれた。

俺が今までやってきたことを、否定しないでくれた。

それだけで、俺は十分に報われたとすら思えた。

――いや、でも違う。まだダメなんだ。これじゃなにも変わらない。

「シン、私になにかできることはある？　シンの力になりたいの」

「…………核を破壊しても死なない怪獣を、どうすれば倒せると思う？」

俺は縋るように呟く。俺の口から出てきたのは、そんな言葉だけだった。

「核を……？　そんな怪獣がいたら、私だってどうしたらいいかわからないよ。でも
…………うん、〝サイコ・フェザント〟だったらなにかわかったのかもしれない」

アズサは小声で言う。

――彼女の口から出た聞き慣れない名前に、俺の耳は反応する。

「……サイコ・フェザントって？」

俺が聞き返すと、アズサは俺から離れて周囲に人影がないかキョロキョロと警戒する。

そして俺たち以外誰もいないことを確認すると、

「……今から話す内容は、絶対に他言無用。シンのことを信じて話すけど……いい？」

アズサの注意に俺は小さく頷く。彼女は小さく息を吸い、

「シン……考えたことはない？　そもそも、どうして『ホワイト・レイヴン』は日本最強の部隊なのかって」

「どうしてって……そりゃアズサみたいな凄い実力を持った隊員が集まってるからだろ」

「それは違う。クレイモア・レイヴンとして戦い続けてわかったけど、ただ強いってだけじゃどんな怪獣にも勝つことはできないの。怪獣とはそもそも、人間より圧倒的に強い存在だから。それでも私たちが怪獣に対して負け知らずなのは、本当は理由がある」

「……それは？」

「──天才がいたのよ。正真正銘の、比類なき全知全能サイコ・フェザント。彼女は防衛隊日本支部の最重要人物の1人であり、怪獣研究のあらゆる分野において世界中の科学者の追随を許さず、〝いずれ怪獣を滅ぼす者〟と呼ばれたりもしていた」

　アズサは沈みかけの夕日を遠い目で眺め、

「……12年前の小戸島事件を覚えてるでしょ？　あの時既に防衛隊日本支部に所属していたフェザントが立案した作戦のお陰で、島を襲った怪獣の撃退に成功。当時、フェザントの年齢はまだ8歳だったそうよ」

「っ!?　8歳って……！」

「それだけじゃない。一般的に日本支部のミョルニル・スーツや対怪獣兵器は防衛隊工廠で生み出された物と思われているけど、実際はそのほぼ全てがフェザントの設計によるもの――そう言えば、少しは凄さが伝わる？」

「そ、そりゃあ……凄いどころか異常ってレベルだろ……。だけど、そんな隊員がいるなんて聞いたこともないぞ」

「ああ、それは当然よ。防衛隊(ユニオン)はあらゆる手段で彼女の存在を秘匿していたから」

「？　秘匿って、どうして……」

「……わからない。私の口から適当なことは言えない。フェザントもそのことについては話したがらなかった。ただ明確に言えるのは、彼女は普通じゃなかったってことだけ」

そう語るアズサの目は、どこか複雑な感情が宿っているように見えた。もしかしたら確信こそないけれど、アズサはなにかに気付いていたのかもしれない。

「アズサ……もしかして前に言ってた、戦死した『ホワイト・レイヴン』の隊員って……」

「………そう、フェザントのこと。彼女は仲間として、上官として……私のことを可愛(かわい)がってくれていたの」

ギュッと悔しそうに両手を握るアズサ。

やはり――。アズサの口調からおおよそ察していたが、サイコ・フェザントは既に故人らしい。5000匹の兵隊蟲の怪獣を討伐した後、無線連絡を受けたアズサが真っ青な顔をしていたが……サイコ・フェザントの戦死を聞いていたんだな……。

「今だから言えるけどさ、『ホワイト・レイヴン』がシンやセルホちゃんのような候補生を集めて戦力強化を図ろうとしてるのも、フェザントの欠員に焦った上層部が急に言い出したからなんだ。そうでもしないと、戦力を維持できないと思ったんでしょうね」

「サイコ・フェザントって隊員は、そこまで……」

「そう、あの天才がいてくれたからこそ、私たちは勝ち続けてこられた。なにより彼女は、世界で初めて怪獣の生体構造を解析する装置を開発した人物だったから」

「…………え？」

「フェザントがその装置を使えば、あらゆる怪獣の秘密を丸裸にできた。もしシンの言う殺せない怪獣が現れても、彼女が生きていたら……対処法がわかるかもしれない」

そこまで語ったアズサは、俺の瞳を真っ直ぐに見つめる。

「シン、アンタが時間跳躍（タイムリープ）で過去に戻れるなら——お願い、サイコ・フェザントを救って」

「俺が……サイコ・フェザントを……？」

「解析装置は内部がブラックボックス化されていて、彼女にしか扱えないようになってた。

だから殺せない怪獣の弱点を探るには、絶対にフェザントの協力が必要」

そう言うとアズサは俺に背を向け、

「ねえシン……私はきっと、その怪獣に勝てなかったんだよね？」

「それ……は……」

「いいの。〝最強の防衛隊員〟なんて呼ばれても、無敵なんかじゃないってことくらいは自分でもわかってるから。それでもさ――私は最期に、誰かを守れたのかな？」

「……ああ、お前は――俺を守ってくれたよ」

「そっか……じゃあ満足だ」

アズサは歩き出し、扉のドアノブに手をかける。

「シン……フェザントをよろしくね」

そう言い残し、彼女は俺の前から姿を消した。

――屋上に1人残された俺。

その時、俺は自分の胸の奥がドクドクと鼓動しているのが自覚できた。

見えた――ようやく――――破壊の怪獣の攻略法が――。

勿論、その装置で本当に倒せるかなんてわからない。むしろ可能性の方が低いかもしれない。でも今の俺にとって、そんなかすかな希望すらも大きな光に感じられた。

もしかしたら、もしかしたら、アイツを倒せるかもしれない。

今度こそ、この無限とも思えるループを終わらせられるかもしれない。

だったら俺のすべきことは1つ。


もう1度過去に時間跳躍して、サイコ・フェザントを助け出す。


サイコ・フェザントさえ無事だったら、破壊の怪獣の弱点を……！

そこまで考えて握り拳を作る俺だったが——ふと、気付く。

あれ……？　でも待てよ……？　アズサの奴、さっきサイコ・フェザントが戦死したから候補生が集められたって言ってたよな……？

それってサイコ・フェザントが生存していたら、候補生を集める話自体がなくなるってことで——。

つまり——俺は『ホワイト・レイヴン』に入れなくなるってことじゃ——？

俺だけじゃない。『ホワイト・レイヴン』に入って会わなきゃならない人がいるって言ってたセルホだって、防衛隊員になって人助けをしたいと言ってたマオだって、どうなるかわからなくなる。

過去に戻ってサイコ・フェザントを助けることは、その代わりに俺と彼女たちの未来を壊すことになるんじゃないか？

せっかく、せっかくアズサと肩を並べて戦えるチャンスを、捨てるのか？

でもそうしなければアズサは――世界の未来は――。

俺は――

俺は――――

第4章　サイコ・フェザント

「────さい────────ください────」


声が聞こえる。

もう何度聞いたかわからない、若い女性の声。

「このっ、起きろって言ってるじゃないですかッ！」

次の瞬間、バチーン！と爽快な音を立てて俺は頰を引っぱたかれる。

その音と痛みで、俺はようやく覚醒した。

「この寝坊助、ようやく起きましたね！　走れますか⁉　すぐ逃げ──って来た！」

『ギギ──ッ！』

金切り音のように甲高い鳴き声と共に、兵隊蟲の怪獣が襲い来る。鎌のように鋭利な足の切っ先が視界に映るや否や、俺はセルホを抱きかかえて瞬時に回避。こんな攻撃、刻の怪獣に変身せずとも身体の内側に怪獣の力を込めれば簡単に避けられる。

「やれやれ、俺もこの身体にすっかり慣れたモンだな」

結局あの後また破壊の怪獣に負けちまったが、今回は心持ちが違う。

そうだ、今回で——全て終わらせる。

「な……今の、どうやって……貴方一体——」

「……ごめんな、セルホ。俺はお前に謝らねーと」

俺は地面に膝を突き、セルホをゆっくりと下ろす。

「俺が今からやることは、もしかしたらお前に遠回りさせる結果になるかもしれない。でも約束するよ、お前が探してる人は必ず俺が見つける。だから少しだけ待っててくれ」

「え……？　貴方どうしてそれを……それにどうして私の名前——」

セルホが言い切るよりも早く、兵隊蟲の怪獣の群れに何かが落ちて爆発。これまで通りアズサが救援にやって来てくれたのだろう。これでもう大丈夫だ。

そして爆風でセルホが一瞬目を瞑った隙に、俺はこの場を後にした。

◷　◶　◵　◴

「——ふんふん♪　らんらん♪」

兵隊蟲の怪獣の大群が暴れ回る街の一角。そこで、1人の女性防衛隊員が上機嫌に鼻歌を歌っている。

『ギ……ギ……』

「あぁちょっと、暴れないでくれ給(たま)えよ。怪獣を生きたまま解剖するなんて、ラボじゃ中々できないんだからさ。そぉ～れ、スパスパっと♪」

　女性防衛隊員はさながら魚を捌(さば)くような感覚で、まだ息のある兵隊蟲の怪獣にナイフを突き入れる。その手つきは慣れたモノで、怪獣に触れる抵抗感を微塵(みじん)も感じさせない。

　――標準型(スタンダード・モデル)ミョルニル・スーツを着込み、棒付きキャンディ(ロリポップ・キャンディ)を口に咥(くわ)えた20歳ほどの女性防衛隊員。

　目立つピンク色の髪をピッグテールでまとめ、丸メガネをかけた童顔にはニヤニヤとした余裕のある笑みを浮かべている。背丈は低く１６０センチ以下で、細身の体格にはほとんど筋肉があるようには見えない。どことなく危なげな雰囲気も相まって、ミョルニル・スーツを着ていなければとても防衛隊員とは思われないだろう。

「ん～……やっぱり中身は普通だなぁ。異常大量発生なんていうから、核でも内臓でも筋繊維でも突然変異してればと思ったのに。つまんないの」

　ひとしきり解剖を終えた女性防衛隊員は興味を失い、兵隊蟲の怪獣にトドメも刺さずにその場から歩き出す。

「この大量発生、最近各地で発生するグリフォス線の異常検出となにか関係あるのかな？　くふふ、天変地異の前触れだったりして。あぁデータが欲しいデータが欲しい！　今日はどれくらい亡骸を持って帰っていいんだろう⁉　はやくラボで弄り回したいなぁ！」

ビルとビルに挟まれた路地裏へと入り、なんとも悩ましそうに身をよじる女性防衛隊員。

そんな彼女の無線機が、不意にピピッと鳴る。

「むむ、クレイモア・レイヴンからか。やぁやぁこちらサイコ・フェザント。こっちは今のところなんの収穫もなしだよ。そっちはどうだい？　ああ、こっちは心配無用だとも。キミはキミの仕事に集中すればいいさ。そうそう、今夜は久々にキミの手料理が食べたいから準備しておくれよ～。リクエストは――」

そう言いかけると、ピンク髪の女性防衛隊員――サイコ・フェザントはピタリと歩みを止める。

「……そうだね、しばらくカップ麺続きだったしサラダがいいかな。すまないが一旦無線を切るよ。どうやら――お客さんみたいだから」

彼女が無線を切った直後――サイコ・フェザントの頭上、ビルとビルの間に身体を固定していた黒い巨体が、ゆらりと動く。その巨体はそのまま地上へ落下し、サイコ・フェザントの前に立ち塞がった。

『ギィィイイイイイイイイイイイイイイイイッッッ!!!』

丸々と肥えた漆黒の外骨格を持ち、鎌のように鋭利な8本足を動かし、クワガタのように飛び出した口元のハサミをギチギチと鳴らす昆虫型の怪獣。その全長は15メートルを超え、通常の兵隊蟲の怪獣の3倍以上の大きさを誇る。

「ははん、〝女王蟲の怪獣〟がようやくお出ましか。しかし群れのボスがお守もなしっていうのは、ちょっと奇妙だけど……」

サイコ・フェザントは些か不審に感じつつ、突撃銃を構える。

「ま、いっか。女王1匹なら標準型ミョルニル・スーツのボクでも殺れるからね。くふふ、サンプルに足でも牙でも――」

ニヤニヤとした笑みを崩さぬまま、突撃銃の引き金を引こうとした――その瞬間、

『ギィィィイイイイイイッ!!!』

彼女の背後に、もう1体の怪獣が降ってくる。それは漆黒の外骨格を持ち、鎌のように鋭利な足を持つ――女王蟲の怪獣。

「！　女王蟲の怪獣が2匹⁉　そんなバカな！　1つの群れの中で、女王同士が共存するなんて――！」

『ギイイイッ!!!』

息を合わせるかのように襲い掛かる女王蟲の怪獣たち。

あまりに予想外の出来事にサイコ・フェザントも動揺し、回避に専念。しかし

標準型(スタンダード・モデル)ミョルニル・スーツの性能では逃げ切ることは困難だった。

「全く、こんな時に限って自前の装備が調整中なんて……！　いよいよボクの運も――！」

直後、女王蟲の怪獣の尻尾から放たれた粘着糸が彼女の片足を捉える。そのままズルズルと引っ張られ、突撃銃(パルスライフル)をぶっ放して抵抗するも弾は全て弾(はじ)かれてしまう。

2匹の女王蟲の怪獣に四肢を拘束され――ギチギチとハサミを鳴らす怪獣の頭が、徐々に近づいてくる。

『ギイイ……！』

「くふふ……ボクを喰(く)らうのかい？　いいとも、これまで散々キミたち怪獣を殺してきたんだ、今度はボクの番というだけさ。存分に味わい給え。……でも、未練だな」

サイコ・フェザントは脱力して空を見上げ、

「すまないねぇ、セルホ――お姉ちゃん、待っててあげられなかったよ」

静かに目を瞑(つぶ)る。そして、ハサミの切っ先が自分の腹を引き裂くのを待ったが――何故(なぜ)か、その時はやってこない。

「……？」

不思議に思った彼女はゆっくりと目を開ける。すると――

『…………なんとか、間に合ったみてーだな』

そこには、新たな怪獣の姿があった。

身体全体が蒼い鱗と棘で覆われ、胸部からは核らしき物体が飛び出ており、足は獣を思わせる逆関節になっている。２本の角がある頭は狼のように鼻と口が前方に突き出て、大きく裂けた口からは剝き出しの牙が見える。

そんな怪獣が女王蟲の怪獣のハサミを掴み、サイコ・フェザントを引き裂くのを力ずくで防いでいる。

『ギ……イイィ……！』

『この人を死なすワケにはいかねーんだよ。悪ぃけど──！』

蒼い怪獣はハサミを握り潰して破壊すると、瞬時に鋭い爪を突き込んで核を粉砕。女王蟲の怪獣の巨体をサイコ・フェザントから引き離す。

『ギ……イイィ……!?』

もう１匹の女王蟲の怪獣は恐怖し、逃げ出そうとするが──

『オォォオオオオオオオオオオオオオオオッ！』

蒼い怪獣は咆哮（ほうこう）を上げ、超高速の旋回突撃で女王蟲の怪獣の核を貫いた。

――死骸となって裏路地に転がる、2体の女王蟲の怪獣。その戦いはまさに一瞬の出来事で、サイコ・フェザントは呆気（あっけ）に取られるしかなかった。

蒼い怪獣は彼女の下へ近づき、

『……アンタがサイコ・フェザントだな？』

蒼白（あおじろ）く光るギョロリとした目で見下ろす。

『よく聞け。今から6週間後の7月4日に、世界を滅亡させる怪獣が現れる。その怪獣を倒せるのはアンタだけだ。どうか……世界を救ってくれ』

「せ、世界を……？　それはどういう――いや、そもそもキミは一体――ッ！」

彼女が聞き終えるのを待たず、蒼い怪獣は空高くに跳躍。その姿はすぐにビルの向こうへと消えていった。

「………7月4日…………世界を滅亡させる怪獣、だって……？」

◷　◶　◵　◴

――2041年、6月13日、午前11時15分

「――それでは、これにて2041年度防衛隊入隊式（ユニオン）を終える。一同、敬礼！」

アズサの号令に合わせ、ザッ！と敬礼する新隊員たち。その新隊員の中には俺、セルホ、マオの姿もある。

――時間跳躍（タイムリープ）によってサイコ・フェザントを助けて以降、俺の身に起こる出来事は以前と変わらなかった。過程は違えど防衛隊（ユニオン）に保護されてセルホと入隊試験を受ける約束をし、入隊試験を共に受け、その最中に変色竜の怪獣を倒す。そして今に至る。

兵隊蟲（へいたいむし）の怪獣に襲われている最中、おかしなことを言って突然姿を消した俺に対してセルホはあれこれ問い詰めてきたが、「俺はその時その場にいなかった」「ドッペルゲンガーでも見たんじゃない？」みたいなノリで適当にはぐらかした。そういうことにしておいた方が、結局は互いのためだろう。

そうしてほとんど同じ出来事を経験してきたワケだが――入隊式はそのまま終わりを告げ、俺たち3人が呼び止められることもなかった。ぞろぞろと会場を出て行く他の新隊員に混じり、俺も場を後にする。

そして廊下を歩いていると、

「シン、ちょっと」

アズサが、背後から不意に呼び止めた。

「よぉ、さっきのスピーチは格好よかったぜ、アズサ」

「か、からかわないでよ。それより……一応、入隊おめでと。ようやく夢が叶ったね」

「……ああ、そうだな」

「？　なんか、あんまり嬉しくなさそうじゃん」

「なに言ってんだ、すげぇ嬉しいよ。……なあアズサ、ちょっと変なこと聞いてもいいか？」

「変って……別にいいけど……」

「最近、『ホワイト・レイヴン』から欠員が出たりしたか？　それか部隊の候補生を育てるみたいな話が上層部から出たりしてないか？」

「ウチから欠員なんて出てないよ。『ホワイト・レイヴン』のメンバーが欠けたりすれば、それこそ大ニュースになるってば。それに部隊の候補生って、そんな話誰から聞いたの？」

そう語るアズサの様子は、どこまでもいつも通りだった。彼女はああ見えて嘘が下手だから、サイコ・フェザントが死亡していないのは間違いないだろう。

そして——やはり俺たちが『ホワイト・レイヴン』に入る近道は、断たれたのだ。

「いや……ネットの根も葉もない情報を見ただけだよ。それと、ありがとなアズサ。お前のお陰で、俺は少し先へ進めた気がするよ」

◷　◶　◵　◴

——２０４１年、６月27日、午後10時30分

夜。もうすぐ消灯時間となる頃に、俺は１人で男子トイレにいた。

洗面台の蛇口を捻って冷たい水を出し、顔を洗う。そしてタオルで拭くと、目の前にある鏡で自分の顔を見た。

……あと１週間で、また破壊の怪獣が現れる。しかし未だに『ホワイト・レイヴン』の候補生を育てる話は聞かないし、俺自身もしがない一般新人隊員としての日々を過ごしている。

やっぱり運命が変わったのだろう。きっと、これでよかったのだ。

正直、セルホにもマオにも申し訳ないことをした。けどマオの知識や記憶力は正当に評価されてるみたいだし、セルホもアズサに気に入られて度々訓練をつけてもらってるみたいだ。俺も俺にできる範囲で、セルホの会いたい人を探したりしてるし。

いずれにせよ、前と形は違えど少しずつ良い方向に向かっている気がする。この感じなら、いずれ各々が目指す場所へ辿り着けるんじゃないかと思う。

「俺の役割は終わった。もう終わったんだよな。あとはサイコ・フェザントが上手いこと

やってくれるのを祈るだけ……。それでいいんだ」

　ポツリと、自分に言い聞かせるように呟(つぶや)く。

　すると、

「――へえ？　ボクになにを祈るって？」

　背後から女性の声がした。

　驚いて目の前の鏡を確認すると――防衛隊(ユニオン)女性用制服の上に白衣をまとった、見覚えのあるピンク髪の人物が俺の後ろに立っていた。

　俺は慌てて振り向き、

「ッ！　なっ……アンタ……！」

「くふふ、妙だねぇ。ボクの存在はごく少数の者しか知らないはずなのだけど？」

　そこに立っていた人物、それは紛れもないサイコ・フェザントその人だった。彼女は棒付きキャンディ(ロリポップ・キャンディ)を含んだ口をニヤニヤと歪(ゆが)ませ、危なげな笑みを浮かべて俺に近付いてくる。

　――待て、落ち着け俺。サイコ・フェザントが俺の正体を知ってるワケないんだ。ここはなんとか適当にはぐらかして――。

「い、いや今のは、っていうかここ男子トイレなんだけど……！」

「女が男子トイレに入るのは犯罪じゃないんだよ。その逆は犯罪だけどねぇ。で、どうしてキミはボクのことを知ってるのかな？　答えを聞こう」

「そ、それは、その……」

サイコ・フェザントはつかつかと歩いてきて俺と距離を詰め、完全にパーソナルスペースの内側に入ってくる。

……ダメだ、話を逸らせそうにない。絶対に問い詰めるぞという熱いプレッシャーをこれでもかと感じる……。しかもこうして人間状態で向かい合ってみると、関わっちゃいけない人オーラが全身から溢れてて怖いんだよこの人……。

そんな風に俺がたじろいでいると、

「くふふ、えいっ」

がしっ、もみもみ。

——という感じで、彼女は唐突に俺の胸部を摑んで揉みしだいた。

「うおわあああ!?　な、なにすんだァ!?」

「なにって、セクハラ？」

「セクハラでいきなり男の胸を揉む女がいるか！　一体なに考えてんだアンタ!?」

「いや～、こう見えてボクは生粋のおっぱいアンバサダーでね。気になるおっぱいは男女大小問わず揉みたくなる性分なのさ〜。手癖が悪いのは許してくれ給え、くふふ」

悪戯っぽく笑うサイコ・フェザント。

……うん、やっぱりアレだ、この人絶対にプライベートでつるんじゃいけない人だ。初対面かもしれない男の胸なんて、普通揉むか……？　完全に俺の苦手なタイプだよ……。

「そ、そろそろ消灯時間なんで戻ります！　さっきのはたぶん聞き間違いで——！」

「シャラップ」

俺がその場から逃げようとした瞬間、彼女は咥えていた棒付きキャンディを口から離して俺の口に突っ込んでくる。

「むぐっ——!?」

「からかいすぎたのは謝ろう。だがようやくキミのことを探し当てたんだ。絶対に逃がすワケにはいかないね」

サイコ・フェザントはさっきまでとは打って変わって真顔で語る。同時に俺の口に突っ込んだ棒付きキャンディをゆっくりと回し、彼女の舌の上で温められた甘い味が俺の味覚を染め上げる。これはまるで「今のお前はボクが支配しているぞ」と言われているような感覚だった。

「……とはいえ、ここじゃ積もる話もしにくいよねぇ、っと」

棒付きキャンディ(ロリポップ・キャンディ)からパッと手を放し、彼女は白衣の中から糸で繋(つな)がれた2つの紙コップを取り出す。

「い、糸電話……？」

「ん、」

その片方を俺に手渡し、耳に当てろと催促してくる。

俺が渋々それを片耳に当てると――

『……ここじゃ誰かに聞かれるかもしれないから、ボクのラボでねっとりお話しようか。ねぇ――怪獣くん』

「――――ッ!!!」

彼女の放った言葉に、俺の心臓――いや核がドクンと跳ねる。

嘘だろ――どうして俺の正体を――！　ありえない、と耳を疑う俺の表情を見てサイコ・フェザントはまた「くふふ」と笑う。

『拒否権はないよ。でも安心して、ボクはキミの敵じゃない。キミの正体を知ってるのもボクだけだから。ね？』

「……」

――ここで逃げれば、どっちにしても俺が刻(とき)の怪獣だと暴露するようなモノだ。それはつまりサイコ・フェザントを敵に回すことになり、ひいては防衛隊（ユニオン）が敵になるってことでもある。そしてなにより、アズサたちにも俺の正体が——。

　選択権などなかった俺は、誘われるままサイコ・フェザントの後をついていく。そしてエレベーターに乗り込むと、彼女は階数ボタンの傍（そば）にあるコネクターに小型装置を接続。するとエレベーターは存在しないはずの地下へと降りていく。

「……どうして、俺があの時の怪獣だって気付いたんだ？」

「どうしてって、だってボク天才だよ？　キミの方こそ何故（なぜ）バレないと思ったんだい？」

「そりゃあ……人間が怪獣になるなんて普通思わないだろう」

「なら簡単だ。ボクは普通じゃないからね」

……なんというか、会話が成立していない気がする。ずっとはぐらかされている感じというか、常に斜め上の答えを出されるというか……。

　俺が段々バカらしくなって頭を抱えると、サイコ・フェザントはくすっと笑う。

「あの時街で確認された怪獣は兵隊蟲の怪獣と女王蟲の怪獣の2種だけ。それ以外の怪獣による被害は1件もなかった。しかし逃げ遅れて保護された人間は2名もいたというじゃないか。人を襲わず、言葉を話し、私とコミュニケーションを取ろうとした謎の怪獣……その正体が人間である可能性は、ゼロじゃないと思うが？」

「……」

「とはいえ、直接キミと会うまでは半信半疑だったよ。確信を持ったのはさっきキミの胸を揉んだ時さ。キミが驚いた時の心臓の鼓動は、明らかに常人のそれとは違ったからね」

そんな話をしていると、エレベーターが目的地まで降りる。地下何階かもわからない場所で扉が開くと、真っ白な壁で覆われた短い廊下。その先には重厚な扉があり、サイコ・フェザントが扉に手を当てると、ピッと反応音が鳴る。

『指紋認証、確認しました。音声入力をどうぞ』

「№００２(ナンバー・ゼロゼロツー)サイコ・フェザント。ただいま、我が家」

『音声を確認。おかえりなさい、サイコ・フェザント』

穏やかな女性の電子音声がサイコ・フェザントを迎えると、重厚な扉が左右に開く。

俺が扉の向こうに見たモノは――

「ここは……」

「さあさあ入り給え。ようこそ我が家、そして我が研究ラボへ」

大きなガラス管の中に浮かぶ怪獣の死骸、ずらりと並ぶタワー型サーバー(スーパーコンピューター)、そしてなにに使うのかわからない薬品やらボンベやら研究機材の数々。そんな中にソファやテーブルや食料品なども置かれ、彼女の生活がここで完結していることが見て取れる。……テーブルの上には食べ終えた大量のカップ麵の容器が置かれている辺り、たぶん掃除はできない気質なのだろう。

「さて、適当にくつろいでくれていいからね。コーヒーでいいかな？　ああそれと機材には触らないでおくれよ」

「あ、ああ……」

促されるままラボの中を見物する俺。しかし宿舎の地下にこんな施設があったなんてな……セルホやマオが知ったらさぞ驚くだろうが……。それにしても、ホルマリン漬けにされた怪獣に囲まれてよく生活できるモンだ……。

俺がキョロキョロとラボの中を見まわしていると、サイコ・フェザントがコーヒーを注いだカップを持ってきてくれる。

「くふふ、ボクのラボに『ホワイト・レイヴン』のメンバー以外が入るなんて、本当に久しぶりだよ。嬉しいねぇ」

俺の分のカップをテーブルに置くと彼女も椅子に座り、

「さぁて、どこから聞いたモノかな。聞きたいことが多すぎて困ってしまうが……とにかく、まずはもう1度怪獣の姿のキミを見たい。変身してくれるね？」

「……嫌だ、と言ったら？」

「くふふ、非常事態アラートが鳴って『ホワイト・レイヴン』のメンバーがすぐに駆け付けるだろうねぇ。キミがボクら全員と戦う自信があるなら――」

「わかったわかった。変身すればいいんだろ……」

「それでいいとも。怪獣線計測器(グリフォス・カウンター)は全てＯＦＦにしておいたから、安心してくれ給え」

なんか、全然安心できないいんだが……。とはいえ、ここに来てアズサたちとやり合うなんてゴメンだ。それにどうせ正体がバレてるなら、減るもんじゃないしな。

俺はすぅっと呼吸を整え、胸の奥に意識を集中する。

瞬間、ドクン！と爆発するように胸の奥が鼓動し、全身が怪獣の姿へ変貌。身体中(からだじゅう)からグリフォス線が漏出し、剝(む)き出しの牙がガラス管に映り込む。

『……どうだ、これで満足か？』

「お…………おおおおおお～～～ッ！　怪獣っ、怪獣だぁ！　あはっ、正真正銘あの時の怪獣だよ！　あぁ～凄(すご)い、興奮してきたなぁ！　生きててよかったぁ！」

サイコ・フェザントは両目をキラッキラに輝かせ、刻(とき)の怪獣となった俺の全体をくまなく観察してくる。

この人、俺の姿が怖くないのか……？　怪獣って普通に怖いと思うんだが……。

「さ、ささ触っていい？　触るからね⁉　つ、つん……はあぁあぅぅ人間とは全然違う質感ッ、最高ォ〜！　む、むふふ、解剖したいなぁ、超解剖したい！　でもまだダメだ、楽しみはとっておかなきゃ……あ〜でもでもでも……ッ！」

　スーパーハイテンションで恐ろしいことを口走るサイコ・フェザント。つーか〝まだ〟って、アンタいずれ俺のこと解剖するつもりなのか……逃げようかなホント……。

『もういいだろ、変身を解くぞ』

　そう言って人間体に戻る俺。いつの間にやら、刻の怪獣になるのも戻るのも自由自在になってしまった。

「はぁはぁ……あぁ、ありがとう。とても鮮烈な体験だったよ……感動のあまり、もう少しで昇天してしまうところだった……」

「それは勘弁してくれ、マジで。ところでその……俺はこれからどうなる？」

「どうって――ああ、心配いらないよ。さっきも言ったが、キミの正体はボク以外知らない。勿論防衛隊の上層部や『ホワイト・レイヴン』のメンバーも含めてね。クレイモア・レイヴンにも秘密にしてあげるから、ね♪」

　――なるほど、俺とアズサの関係も調査済みってワケか。ある意味「抵抗したらバラす」って言われてるようなモンだ。

「キミが捕まることはないいし、ボクがそんなことはさせない。約束しよう。……と言っても、口先だけじゃ信じられないよねぇ。そこで等価交換といこうじゃないか」

「等価交換……？」

「ボクはキミの正体を知ってしまったし、今からキミの秘密も洗いざらい聞く。その代わりに、キミにはボクの秘密を教えよう。どうかな？」

サイコ・フェザントの秘密——。確かに、彼女は存在自体が秘密の塊のようなものだ。そもそも『ホワイト・レイヴン』のメンバーであることが公にされていないし、彼女が死んだ時だって箝口令が敷かれたくらいだった。アズサが言っていたことも鑑みれば、防衛隊にとってサイコ・フェザントに関する情報は最重要機密になるのだろう。

それを聞くとなれば、確かに等価交換に値するだろうけど——

「そうだねぇ、例えばボクのスリーサイズはB72W51H84で、下着は上下揃わせないことにこだわってるんだ。今日はブラが黒のレースで、スカートをまくり上げるな！　えーっとパンツが……」

「うわーっ！　やめろ、スカートをまくり上げるな！　知りたくない！　その秘密は知りたくないから！」

おもむろにスカートをまくるサイコ・フェザントを必死に止める俺。もうホント、この人の貞操観念どうなってんだよ……。

「くふふ、ごめんごめん。キミは弄りがいがあってさ。冗談はここまでにして——最初は自己紹介でもしようか。ボクの本名は〝久留毘矢ニスモ〟。初めまして蘭堂シン、どうやら義妹のセルホがお世話になってるようだね」

「！　セルホが義妹って……それじゃ、アイツの言ってた〝会わなきゃならない人〟ってまさか――！」

「ボクのことだろうさ。そもそも〝久留毘矢ニスモが『ホワイト・レイヴン』に所属している〟って情報を彼女へリークしたのは、他ならぬボク自身だからねぇ」

――予想もしなかった、まさかセルホと姉妹だったなんて。

ってことは、ニスモが戦死したこれまでの世界線では、セルホは絶対に会えない人を探してたってことになるのか……？　そんなのって……。

意図せずに残酷な結末を回避していたことに、俺は改めてニスモを救ってよかったと胸を撫で下ろす。

「あの子は3ヵ月前に育ての母親を病気で亡くしてから、天涯孤独の身になった。流石に気の毒でね……ボクが表立って預かることはできないけど、せめて傍にいてあげられればと思ったのさ」

「そうだ、それだよ！　どうして防衛隊はアンタの存在を隠してるんだ!?　アンタ凄い人なんだろ!?　12年前の小戸島事件を食い止めたり、防衛隊の兵器をほとんど1人で設計したり――！」

「……誰からその話を聞いた？　クレイモア・レイヴンか？」

ニスモの目が、いきなり真剣味を帯びる。俺は一瞬その眼光にたじろいでしまう。

「やれやれ、彼女には今度注意しておかないと。キミもその話を口外しちゃいけないよ。最悪、上層部から口封じされかねない」

「く、口封じって……アンタ一体……」

えらく物騒な話になってきたな……機密に触れるとはいえ、防衛隊（ユニオン）がそこまでするなんて想像もできないけど……。

ニスモは椅子から立ち上がると、

「…………〝今、世界に用意された運命（シナリオ）は3つしかない。人類が怪獣を滅ぼすか、怪獣が人類を滅ぼすか、それとも怪獣が怪獣を滅ぼすか。だが私は、そんな破滅しかない運命を変えてくれる者が、きっと現れると信じている〟――この言葉を知っているかな？」

――聞き覚えのある一句だった。防衛隊（ユニオン）の座学でも出てきた言葉だし、防衛隊（ユニオン）創設時の就任演説映像でとある女性が言っていたのを思い出す。

「えっと……確か防衛隊（ユニオン）初代長官ランシア・グリフォスの言葉だったよな」

「その通り。世界で初めて怪獣を倒した人物であり、グリフォス線を発見した科学者でもあり、『国境なき防衛同盟』を創設した伝説的な隊員。記録によればその頭脳はＩＱ３５０を超え、人類史上最高の天才と呼ばれたとか……」

「防衛隊員なら１度は憧れるよ、初代長官の伝説は。で、それがなんの関係があるんだ？」

「大アリだとも。なんたって——ボクは初代長官の〝クローン〟なのだから」

「…………は？」

俺は、瞬時に反応できなかった。

——今、なんて言った？　自分が初代長官のクローンだって、そう言ったか？

「……まさか、そんな、冗談だよな……？」

「真実だよ。久留毘矢ニスモという人間は初代長官の複製品なのさ。彼女の遺伝子を用いて生み出された試験管ベビー……それがボクなんだ。防衛隊が隠す理由、納得してくれたかい？」

くふふ、と笑うニスモ。そんな彼女に、俺は言いようのない感情が胸の奥で蠢く。

防衛隊がニスモのことを公にできない理由——それはそもそも彼女自体が生命の倫理に反する存在だから。

もし防衛隊が初代長官のクローン人間を生み出したなんて世間にバレたら、スキャンダルどころの騒ぎじゃない。下手をすれば防衛隊が消滅してしまいかねない。

隠さねばならない理由はよくわかった。でも――だからって――

「なんだよ、それ……アンタ、どうして笑ってられるんだ⁉　それに防衛隊（ユニオン）が……どうしてそんなことを……」

深い衝撃と失望。俺はこれまで、防衛隊（ユニオン）とは怪獣から人々を守る善の組織と思っていた。そう信じて疑わなかった。それなのに、その防衛隊（ユニオン）がまるで命を道具にするような真似（まね）をしていたなんて――。

「キミ、勘違いしちゃいけないよ。防衛隊（ユニオン）はあくまで怪獣から人間を守るためにボクを生み出した。人類と怪獣の生存戦争は、それだけ逼迫（ひっぱく）しているんだ。だからボクは防衛隊（ユニオン）を恨んでなんかいない。きっとセルホも同じ想（おも）いだろう」

「！　そうだ、アンタの義姉妹ってことはセルホも――！」

「まあそうなるね。もっとも、ボクがランシア・グリフォスの能力を受け継いだ顕性（ドミナント）だったのに対し、あの子は潜性（リセッシブ）。研究から外された彼女は、守秘を条件に保護を申し出た元研究員女性と一緒に暮らしていたけど……」

その女性が病死して――か……。なるほど、全て合点がいった。

そういえば、入隊試験の時にどうして優れた身体能力を持っているのかって問いに対して〝そういう血が流れてる〟ってセルホは言ってた。あれは、そういう意味だったんだな……。

「さて……ボクの秘密は大方話したよ。これだけ聞けば、キミも話してくれるかな？」

ニスモは俺を見据えて聞いてくる。

そんな彼女に対し、

「……ああ、充分だ。俺も――全部話すよ」

俺は全て打ち明けることを決めた。

破壊の怪獣に世界が滅ぼされることも、俺が刻の怪獣になってしまったことも、これまで何度も時間跳躍していることも――。

「――ふぅ～む、なるほど……別世界線のボクは既に死亡し、破壊の怪獣とかいうヤツが世界を滅ぼす、と……興味深いねぇ」

俺の話を聞き終えたニスモは、深く考察するように口元に指を当てる。話をしている間、彼女は一切の否定も拒否反応も、なんなら疑惑の目すら向けなかった。

「……信じるのか、俺の話を？」

「嘘である意味がないからね。それに怪獣とは常に未知の存在だ。あらゆる未知に〝ありえない〟などない。人類史上初めて怪獣に変身できるようになったキミなら、よく理解できるだろう」

「それで、今から1週間後に破壊の怪獣が現れて、それを止められる者はキミ自身を含めて誰もいなかった。だからボクに倒してほしい、ということでOK？」

「ああ、そうだ。破壊の怪獣は頭を潰しても核を貫いても殺せなかった。けどアンタは怪獣の身体(からだ)を解析する装置を使えるんだろ？　それで……アイツの弱点を見つけてほしい」

　俺が頼み込むと、サイコ・フェザントはくふふっと微笑する。

「弱点(バイタルポイント)である核を壊しても死なない怪獣……いいねぇ、新種の気配がするよ。ゾクゾクしてきた」

「っ、真面目に聞いてくれ！　もう世界を救えるのはアンタしかいないんだぞ！」

「聞いているとも、真剣にね。その件については任せてくれていい。〝ペネトレイター〟の調整(アップデート)ももう少しで終わりそうだからねぇ。死なない怪獣の秘密を、ボクの手で丸裸にしてやろうじゃないか、くふふ」

　口調自体は落ち着いてこそいるが、彼女の目には興奮と期待が宿っていた。なんとも危なげで不安になるが——少なくとも本気であることは伝わってくる。

　俺は踵(きびす)を返して出口へ向かい、

「……言うべきことは言ったからな。とにかく任せたぞ、天才」

話を終わらせて帰ろうとする。しかし、

「待ち給（たま）えよ、1番大事な話が終わってない」

「？　破壊の怪獣の話なら全部――」

「違う、キミ自身の――〝刻（とき）の怪獣〟の話だ」

ニスモはコーヒーをぐいっと飲み干すと、机にカップを置く。そして懐に手を入れると――拳銃（ハンドガン）を抜いて、俺へと銃口を向けた。

「な……っ！」

「キミ、自分で思わなかったかい？　何度死んでも時間跳躍（タイムリープ）して過去に戻り、歴史改変すらも行える怪獣……そんなモノ、世界を滅ぼす怪獣より遥（はる）かに危険だと」

ニスモは拳銃（ハンドガン）を向けたまま、こちらに歩み寄ってくる。

「キミの願いは叶（かな）えよう。破壊の怪獣を倒し、世界を救ってみせよう。だけど……その後にキミがボクらの――人類の敵にならないという保証は、どこにある？」

「俺が……人類の敵……？」

「精神とは常に肉体に引き寄せられる。今は自我を保てても、いずれ心まで怪獣になってしまう可能性はゼロじゃない。そうなった時、人類が刻（とき）の怪獣に抗（あらが）う術（すべ）はないだろう。

……答え給え、蘭堂シン。キミがボクらを滅ぼさないという、その保証はなんだ？」

——俺が、刻(とき)の怪獣が人類を滅ぼす？　俺が人類の脅威になる？

考えたことは、確かにあった。でもこれまで無我夢中で走ってきて、そんなことを考える余裕すらなくしていた。

けど——そうだ——俺はもう怪獣で、俺の持ってる力は人なんて簡単に殺せちまうんだ。

そんな俺が、人類の敵にならない理由——それは——

「…………アイツが、いるからだろうな」

「アイツ？」

「15532回……覚えてる限り、俺が時間跳躍(タイムリープ)を繰り返した回数だ。いつ終わるのかもわからないループの中で、俺が自分を見失わなかったのはアイツが——アズサがいるからなんだよ」

そう——アズサがいるから、俺は戦い続けられた。

アズサを死なせたくない。絶対に救ってみせる。そう思い続けたからこそ、俺は今ここまでこられたのだから。

「凪千代(なぎちよ)アズサ、アンタにはクレイモア・レイヴンって言った方が伝わるかな。1番最初の世界線で、アズサは自分を犠牲にして俺を救ってくれたんだ」

――〝私さ……最後に守れるのがシンで、よかった〟

あの時見せた笑顔と涙を、あんなに悲しい笑顔を、俺は1日だって忘れたことはない。アズサが俺を救ってくれたなら、今度は俺がアズサを救ってみせる――その想いが、俺が俺である証拠なんだ。

「アイツは命の恩人で、俺の幼馴染で、アイツの隣に並ぶことは俺の夢だった。その夢を叶えるのはもう無理かもしれないけど……それでも俺は、アズサを救いたい。そしてアズサが人を救うために戦うなら、俺も人のために戦う。それが保証だ」

「……それは随分と、感情的な保証だねぇ」

「ああ、でもそれこそ人っぽいだろ？」

「ふうん、そうかい。よくわかったよ」

ニスモは拳銃の銃口を逸らし、天井へ向けると引き金を引く。するとパンッという爽快な音と共に、紙吹雪と紙テープが銃口から飛び出した。

「んなっ……それオモチャだったのかよ⁉」

「最初に言っただろ、ボクはキミの敵じゃないって。試すようなことをして悪かったけど、キミが人類の敵にはならなそうで安心したよ。……しかしここまで相思相愛とは、彼女も幸せ者だ」

くるりと俺に背を向けたニスモは、最後に小声でなにか呟く。そして、

「いいだろう、ボクは全面的にキミに協力する。その代わり、今後は定期的にキミのデータを取らせてもらいたい。一応のメンタルチェックも兼ねて、ね」

「わかった、それでいい。１週間後は期待してるぜ、ニスモ」

「大船に乗った気でいてくれ給え。ああでも、最後に念のため――」

◷ ◶ ◵ ◴

「ふぅ……やっぱり、たまには広いお風呂に入らなきゃね」

遅い時間帯、誰もいなくなった宿舎の女子大浴場でアズサは１人湯舟に浸かっていた。

『ホワイト・レイヴン』の隊員であるアズサには幹部用の住まいが与えられており、そこにも立派な浴室はあるのだが、彼女はたまに宿舎の大浴場に来るようにしていた。

「……シン、防衛隊員になれたのにあまり嬉しそうじゃなかったな。どうしたんだろう？　明日話でもしてみようかな……」

湯舟の中で体育座りし、シンのことを心配するアズサ。

そんなことを考えていると――目の前の水面からぶくぶくと気泡が立ち、

「ばっしゃーん！　こんばんは〝クレイモア・レイヴン〟！　1人で入浴なんて、寂しいじゃないか!?」

水中から突如ニスモが現れる。勿論、お風呂の中なので全裸で。

「フェ、フェザント!?　い、一体どこから……！」

「いやぁ、驚かせてすまない。それより浮かない顔をしているねぇ、悩み事かい？」

「べ、別にそういうワケじゃ……」

「くふふ、隙あり！」

「あ、ちょっ、あはは！　胸を揉まないでってば、くすぐったい！」

「いや～、レイヴンのおっぱいからしか摂取できない栄養素があってだね～。いつ揉んでも素晴らしいなぁ～。最近別の意味で張りのあるおっぱいを揉んだけど、やっぱりこっちだねぇ～」

湯舟の中で戯れる2人。しばらくそうしてイチャつくと、ニスモも落ち着きを取り戻してアズサの胸に身体を預ける。身長差があるせいで、身体を重ねているとまるでニスモが子供のようだ。

「まったく……目立つ真似は控えてよね。あなたの存在は機密事項なんだから――」

「大丈夫さ、キミしかいないタイミングを見計らって来たんだから。それより口調が素に戻ってるよ？　いつもの厳格なレイヴンを演じなくていいのかな？」

「いいわよ、もう。どうせフェザントは本当の私を知ってるんだし、2人きりなら気にすることなんてなにもないでしょ」

「そう言ってくれると、1人の友人として喜ばしく感じるねぇ。ところで——悩んでいるのは、あの幼馴染くんのことかな？」

「うっ……どうしてそれを……」

「気があるならさっさと告白でもなんでもすればいいじゃないか。こんな仕事をしていると、いつなにがあるかわからないだろう」

「こ、告白なんて……無理だよ……どうすればいいか、わからないし……」

「やれやれ、最強の防衛隊員が乙女の顔をしてくれちゃって……。いつまでもそんなだと、セルホ隊員やマオ隊員に取られてしまうよ？　ああ、それともボクが摘まんじゃおうかな」

「！　フェザント、今のはデリカシーないよ」

「くふふ、ごめんごめん。忘れてくれ」

そんなやりとりを交わすと、しばし2人は沈黙する。だがまたニスモは口を開き、

「レイヴン、キミが『ホワイト・レイヴン』に入ってもう1年になるか。早いものだね、キミはすっかり日本を代表する防衛隊員。ボクもキミ以上に背中を預けられる者はいない」

「なに？　いきなりそんな哀愁めいたこと言って……」

「……まだ確かなことは言えないんだけど、近々大きな戦いがあるかもしれない。たぶん防衛隊（ユニオン）の存亡を賭けた厳しい戦いだ。ボクらはその最前線に立つだろう」

「……それだけ、強力な怪獣が現れるってこと？」

「かもね。……レイヴン、キミは誰よりも勇敢で優しく、そして怪獣を憎みすぎている。これからどんな事態になったとしても、早まっちゃいけないよ。キミには、キミを大事に想（おも）ってくれる人がいるんだ。だから約束してくれ」

「……」

　アズサは答えなかった。彼女にとって、自分の命以上に大事なものなど幾らでもあるのだから。部下には生きて帰ってこいと言うが、自分にその権利はないとずっと思っていた。どうしてニスモが突然こんなことを言うのか、アズサにはあまり理解できなかったが——。

　ニスモはアズサから身体を離し、

「さ〜て、いいお湯だったな。ボクは先に上がるよ。おやすみレイヴン、どうか——いい明日を」

◷　◷　◷　◷

――2041年、7月4日、午後6時35分

『隊員全体に通達。東京湾沿岸にて高濃度のグリフォス線を感知。防衛隊（ユニオン）は防衛状態を危険度レベルⅣ（ハザード・フォー）に引き上げます。各隊員は部隊の指示に従い、戦闘準備を行ってください』

基地全体に流れる電子音声の警戒警報（スクランブル・アラート）。それを聞いた防衛隊員たちは我先にとミョルニル・スーツや突撃銃（パルスライフル）を身にまとい、輸送ヘリの前に整列する。

「ベイカー大隊Ａ（アルファ）中隊、第1小隊、第2小隊、第3小隊揃（そろ）いました！」

「アファーム大隊Ｂ（ブラヴォー）中隊、第4小隊、第5小隊、第6小隊も準備よし！」

中隊長が各部隊の先頭に出て、出撃準備が整ったことを報告。そこに集まった防衛隊員の中には、俺とセルホもいる。

報告を聞いて――アズサ（クレイモア・レイヴン）が隊員たちの前に立った。

「よし、全員状況は聞いているな！　東京湾に推定6000メートルの巨大怪獣が出現、既に沿岸部の防衛線は突破された！　我々は既に展開している部隊と共に、市街地にて敵を迎え撃つ！　恐らく過酷な戦いになるだろう！　だが、貴官らには『ホワイト・レイヴ

ン』が付いている！　それでも怪獣を恐れる者はいるか!?」

集まった防衛隊員たちに向かってアズサは言い放つ。そんな彼女の言葉に対して、全員が真っ直ぐな目と沈黙で返した。

それを見た彼女はフッと笑い、

「いいだろう、総員搭乗！」

アズサの号令と共に、防衛隊員たちは一斉に輸送ヘリに乗り込んでいく。

俺も仲間と一緒に乗り込もうとすると、

「――シン隊員！」

アズサが、俺を呼び止めた。

「なんだよ、アズサ？」

「……貴官は新米なのだから、あまり無理をするな。部隊長の指示にはよく従え。それと状況は逐一オペレーターに連絡して――」

「ンなのわかってるよ。心配性な幼馴染だな、アズサは」

「っ、シン隊員！　公私の区別はつけろと――……いや、そうじゃないよね」

アズサは一度目を逸らし、小さな声で言葉を続ける。

「……死なないで、シン。絶対生きて帰ってきて。約束だから」

「勿論だ、お前も死ぬんじゃねーぞ、アズサ」

「セルホ隊員、シンのことを頼む！」

「了解です、面倒はしっかり見ますから！」

俺とセルホがアズサに向かって敬礼すると、輸送ヘリの大型乗降口がゆっくりと閉じていく。それと共に、アズサの姿は見えなくなった。

『ヴォオオオオオオオオオオオオオオオオオオオオオッッッ!!!』

6000メートルの超巨体が、炎に呑(の)まれた街の中を邁進(まいしん)する。

俺にとってももう何万回と見た地獄のような光景。破壊の怪獣が建物を薙(な)ぎ倒(たお)しながら進む姿は、もう見慣れてすらしまったが——今回はこれまでとは違った。

「報告！　A(アルファ)中隊第1小隊、全滅！」

「作戦区域ポイントヤンキーから兵隊蟲(へいたいむし)の怪獣出現！　至急増援を求む！　至急増援を！　うわあああッ！」

よりにもよって、破壊の怪獣を足止めする防衛線に兵隊蟲の怪獣が現れたのだ。それはまるで運命のルートが変わったことを指し示すかのようで、これまでになかった出来事だった。

突然現れた兵隊蟲の怪獣の群れに、防衛隊員は1人、また1人とやられていく。とても破壊の怪獣へ攻撃を行う余裕はない。

「クソッタレ、なんで今回に限って……！　セルホ、無事か!?」

「余裕ですよ！　もうこんな雑魚なんかに負けません！　だけど……コレで弾切れ（カンバン）！」

突撃銃（パルスライフル）の弾を撃ち尽くし、兵隊蟲の怪獣を倒すセルホ。

俺は自分のベストから予備の弾倉（マガジン）を取り出し、彼女に手渡す。

「ほらよ、俺のもそいつで最後だ。マオ、状況はどうなってる!?」

『へ、兵隊蟲の怪獣はなおも増殖中！　巨大怪獣は――もう予定防衛ラインを越えちゃったよぉ！』

無線機から聞こえるオペレーター（マオ）の叫び。

予定防衛ラインを――！　ニスモはなにをやってんだ!?

どうする、ここで変身して破壊の怪獣を食い止めるか――。いや、それじゃこれまでとなにも変わらない。ヤツの弱点がわからないと……！

まだかよニスモ――ニスモ――ッ！

俺が心の中で叫んだ時、

『ギギィ――ッ！』

「！　セルホ、後ろだ！」

セルホの背後に兵隊蟲の怪獣が現れ、鎌のような足を振り上げる。

「しまっ――！」

気付くのが遅れたセルホは、回避が間に合わない。

もうダメか――そう思った刹那、

「……メルボルン・ブロウ」

強烈無比なパンチ（ジョルトブロウ）が、兵隊蟲の怪獣の身体（からだ）に叩（たた）き込まれる。全速度と全体重を乗せたその一撃は兵隊蟲の怪獣を易々（やすやす）と粉砕し、間一髪でセルホの危機を救った。

「ボ……ボックス・ルー！」

「これで2度目だぞ。次は本当にない」

颯爽（さっそう）と現れてセルホを救ったのは、機動型（ヴァンガード・モデル）ミョルニル・スーツを着込んだカンガルーのボックス・ルーだった。

「だが……よく持（も）ち堪（こた）えたな、お前ら。後はルーに任せろ」

ボックス・ルーは真っ赤な対怪獣用ボクシンググローブをゆっくりと掲げ、ファイティングポーズを取る。そしてターンターンとステップを踏むと――彼のミョルニル・スーツから橙色（オレンジ）のグリフォス線が漏出する。

「ミョルニル・スーツ制限第Ⅰ号解放。グリフォス線出力80パーセント限定解除。

――高機動戦術・マークⅤ〝スピットファイア〟」

――殴打のラッシュ。ラッシュラッシュラッシュラッシュラッシュ、ラッシュ。

ボックス・ルーは目にも留まらぬ速度で猛ラッシュを繰り出し、兵隊蟲の怪獣たちをことごとく叩きのめす。

それはかつてアズサが使った高機動戦術・四型〝疾風〟と似た技。だがボックス・ルーの戦闘スタイルに合わせてアレンジされているらしく、手数の多さはアズサの比ではない。

そしてボックス・ルーのミョルニル・スーツが強制冷却に入る頃には、彼の拳を受けて立っていられる怪獣は1体もいなかった。

彼が兵隊蟲の怪獣を一掃するのとほぼ同時に、

『――やあやあ、遅くなったね怪獣くん』

無線機から、待ち侘びた声が聞こえてくる。

「ニスモか⁉　待ってたぞ！」

『申し訳ない、中々理想的な砲撃地点が見つからなくってさ。それとちょっと失礼、秘匿回線に追加して～っと……セルホ、聞こえるかな？』

「――！　この声……まさか、お姉ちゃん⁉」

『久しぶりだねぇ、セルホ。ここからキミの姿がよぅく見えるよ。しばらく見ない内に、随分と大きくなったじゃないか。主におっぱいとか』

「か、からかわないでよ！　ようやく……ようやく……っ！」

セルホの目に涙が滲む。こんな状況下で、しかも無線越しとはいえ、ようやく義姉妹で再会できたのだ。感慨深くもなるだろう。

『遅延はあったが、概ね想定通りだ。後はボクと「ホワイト・レイヴン」がなんとかする。……ヤツの化けの皮を剝がしてやろうじゃないか』

「――さて、これで役者は揃ったね」

ニスモは無線通信を切ると、陣取った高層ビルの上から景色を見下ろす。破壊の怪獣と彼女がいる場所とは十数キロほど離れているが、その巨体は視界の中にやっと納まるほどだ。

「なるほど、アレが怪獣くんの言っていた破壊の怪獣か……。確かに世界を終わらせる形をしている。まったく以て興味深いが――今は私情は抜きにしよう。ライデン隊長、レイヴン、用意はいいかい？」

『善！　準備などとうにできている！』

『こちらも大丈夫だ！』

「わかった。それじゃ——いくよ」

彼女が不敵に微笑（ほほえ）むと、背部に備えられたバックパックと6本のサブアームが展開する。

ニスモ（サイコ・フエザント）が自分専用に調整した技術支援型（エンジニア・モデル）ミョルニル・スーツは特殊大型機材や特別装備の扱いに特化しており、自分の身体のように意のままに動かせる仕組みになっている。そしてサブアームの2本は地面に突いて身体を支え、3本は彼女が右肩に担ぐ超大型火砲を支える。

「対怪獣用試製神経伝導分析装置（ニューロキャッチャー）〝ペネトレイター〟……今日という日のためにさらに調整（アップデート）したこの子が通用するのか、試してみようじゃないか」

分厚い砲身とバカでかい後部作動機構を備える多目的試製トグルアクションバズーカ。それは小柄なニスモが持つにはあまりにも巨大で、重量だけで彼女の体重の10倍を超える。そんな鋼鉄の塊を人体が支え切れるはずもなく、ミョルニル・スーツによる身体強化とサブアームの保持でようやく構えられるほど。

しかもバックパックに積まれた専用砲弾は残り1本のサブアームを介して装塡（そうてん）されるため露天積載状態となっており、射撃体勢となったニスモはその場から動くことすらできず完全に無防備である。所謂（いわゆる）砲撃姿勢だ。

「ライデン隊長、今だ！」

『善（よし）！　重戦闘型（イエーガー・モデル）ミョルニル・スーツ制限第I号解放（リミット・ワン）！　グリフォス線出力90パーセント限定解除ォ！』

コマンダー・ライデンの雄叫（おたけ）びが木霊するや、ズドン！という衝突音と共に破壊の怪獣の動きが止まる。重戦闘型（イエーガー・モデル）ミョルニル・スーツの力（パワー）を解放したコマンダー・ライデンが破壊の怪獣の顎部を押さえ、邁進を塞（せ）き止めているのだ。

『ヴゥゥウオオアアァ……ッ！』

『ぬぅぅぅぉぉぉおおおおおおおおおッッッ!!!　人々の明日は、このコマンダー・ライデンが守ってみせるゥアッ！』

「1分でいい！　そのまま動きを封じてくれ！」

最後に、ニスモは〝ペネトレイター〟から伸びるプラグを後ろ首に空いたコネクターへと接続し——脳と砲を直接リンクさせる。

「神経細胞の回路と処理を辿（たど）れば、その身体の全てがわかるんだ。破壊の怪獣……キミの〝神経網〟、看破させてもらう！」

ニスモが狙いを定め、火砲の引き金を引く。瞬間——砲口から吹き出す、爆炎と白煙。そして高層ビル全体を揺らすほどの反動。カウンターマスの役割を務めるトグルが跳ね上がって反動を緩和してもなお足りず、衝撃で足元が陥没する。

放たれた砲弾は破壊の怪獣の分厚い頭部を貫通し、脳天に侵入。続いてサブアームが砲弾を摑（つか）んで〝ペネトレイター〟に装塡し、照準を補正、２発目を発射。砲弾は胴体に撃ち込まれ、続けて３発４発と砲弾が一定間隔を空けて放たれる。その全てが、破壊の怪獣の体内に食い込んだ。

「データリンク・アクティブ！　さあ、お前の全てを見せろッ！」

砲弾に仕込まれた発信機が作動し、データを取得していく。同時にラボに設置されたスーパーコンピューターが遠隔起動。計算処理速度をブーストアップし——得た情報全てをニスモの脳へと送る。

ニスモの両目に映し出される、破壊の怪獣の神経網。網目のように張り巡らされた神経の線が巨体に沿って浮かび上がり、６０００メートルもある身体の内側を暴露していく。

——人体の脳を演算装置（プロセッサ）として扱い、機械と直結させる常軌を逸した装置。スーパーコンピューターだけでは処理し切れない莫大（ばくだい）な情報量（データ）を、ＩＱ３５０の脳で補完する。これがニスモ（サイコ・フェザント）にしか扱えないと言われた所以（ゆえん）であり、同時にニスモ（サイコ・フェザント）が天才のクローンである証左なのだ。

「い、いやはやっ……これだけ大きいと情報量の負荷が——ぐぅっ！」

『！　フェザント、大丈夫か⁉』

「大、丈夫だとも、レイヴン……少しばかり頭が割れそうなだけさ……」

血管が切れて鼻から流血し、激痛に耐えるニスモ。そして彼女の脳内でマッピングが完了した時――

「――っ！　わ、わかったぞ！　ヤツの弱点がッ！」

ニスモは理解した。どうして破壊の怪獣は頭を潰しても核を貫いても死なないのか、その理由が。

「いくら攻撃しても無駄なワケだ、アレはもう死んでるんだよ！　あの巨体はゾンビ化した〝宿主〟に過ぎない！」

『待て、〝宿主〟ということは――！』

「〝寄生〟している怪獣がいる！　3本の尻尾の中だ！　走れ――レイヴンッ！」

ニスモが叫ぶ。直後、高らかに上空へと舞い上がる人影と大斬刀（クレイモア）。

アズサ（クレイモア・レイヴン）だ。彼女は機動型（ヴァンガード・モデル）ミョルニル・スーツの機動力をフル活用し、一筋の閃光（せんこう）となって破壊の怪獣の尾部へと迫る。その途方もない速度は音を置き去りにし、6000メートルもある距離を数秒で移動。

そして地面に引きずられた3本の尻尾を捉え――

「イッツケェェェエエエエエエエッ!!!」

一閃――。手にする大斬刀を横一閃に薙ぎ払う。

3本の尻尾が切断され、全く同時に超巨体から切り離される。

『ヴゥ…………オォ………』

――破壊の怪獣の動きが止まる。破壊の怪獣の邁進が止まる。それはまるで人形に繋がれていた糸が切られたかのように、一瞬の出来事だった。

大質量の超巨体が地面に崩れ落ち、力なく横たわる。

――5秒。

――――10秒。

――――――30秒。

どれだけ時間が経っても、再び動き出すことは、ない。

2041年、7月4日、午後8時13分――――破壊の怪獣、沈黙。

◷　◶　◵　◴

「…………」

アズサが斬り落とした3本の尻尾の前に佇む。尻尾の先端は房のように膨れており、それだけでも見上げるほど大きい。

大斬刀を振り上げ、アズサは尻尾の先端の1つを叩き斬る。すると、中から紫色をした軟体状の小さな怪獣がドロリと出てくる。それは人間であるアズサの半分ほどの大きさしかなく、とても弱っているように見えた。

「……こんな小さな怪獣が、あのデカブツを操っていたとはな」

「〝クレイモア・レイヴン〟！　ご無事ですか⁉」

すると、そこにセルホがやって来る。彼女はアズサの下まで駆け寄ると、

「救援に来ました！　なにかお手伝いできることは――って、うぇぇ……なんですか、この気持ち悪いの……？」

「寄生虫みたいなものだ。これが巨大怪獣の本体らしい。……ところでシンは？」

「大丈夫、生きてますよ。今は別の部隊と一緒に、怪我人の救助をしてるはずです」

「そうか……よかった」

アズサは安堵した表情を見せる。彼女にとって、その報せこそがなによりの報酬でもあった。

2人がそんな会話をしていると、

「──なるほど、そのヌメヌメしたのが寄生怪獣なんだねぇ。大事に持って帰らなきゃ」

現れるもう1人の人影。ニスモだ。

「ご苦労だったねぇ、レイヴン。大手柄だよ。キミは世界を救ったんだ」

「世界って……そんな大袈裟なものじゃない。私は尻尾を斬り落としただけだ」

「くふふ、謙虚だねぇ。──セルホ、キミもよく持ち堪えた。流石はボクの妹だ」

「お……お姉ちゃん……？　お姉ちゃん、なんですか……？」

「ああ、かれこれ10年ぶりかな。感動の再会がこんな場面で悪いけど──」

ニスモが言い終えるよりも早く、セルホは彼女の胸へ飛び込んだ。ニスモはセルホよりも背丈が低いため、屈み込んで顔を埋める。

「やっと……やっと会えました……！　ママが死んじゃって、私……！」

「うん、寂しかったね。1人ぼっちだったね。でももう大丈夫。これからはお姉ちゃんが傍にいるとも。ほら、顔を上げ給え。まだ仕事が残っているよ？」

ニスモはセルホの頭を撫でて離れさせると──斬り落とされた尻尾へと近づく。

「怪獣に寄生する怪獣……。紛れもなく新種だろうが、気になるのは3本の尻尾全てに操り主の反応があったことだ。別個体が共存して1体の怪獣を操っていたのか……？　ともかくこの尻尾は持ち帰って分析を──」

世界を滅ぼせる怪獣とその操り主（ブレイン）——これは大いなる発見になるだろう。ニスモはそう思いつつ尻尾の1つへ触れた——その瞬間だった。

ドスッ、という鈍い音がニスモの耳に入る。それは、彼女自身の胸部から聞こえた。

「あ——れ——？」

ニスモは視線を落とす。そして目に映ったのは、尻尾の表面が割れて鋭く伸びた紫色の物体が飛び出し、自身の胸を完全に貫いている光景。

鋭く伸びた紫色の物体はすぐに縮んで胸から引き抜かれ——ニスモから鮮血が噴き出す。

「か……は……っ！」

「お——お姉ちゃんッ!!!」

絶望に血相を変えたセルホが、ニスモの身体（からだ）を抱き支える。

「ご、ごほっ……油断したなっ……まさかまだ……っ」

「喋（しゃべ）らないで！　早く手当てを——！」

だが〝逃がさない〟と尻尾が割れてさらに内側から紫色の物体が飛び出し、2人目掛けて襲い掛かる。

しかしアズサが2人を抱え、超高速で回避。紫色の物体から間合いを取った。

「——フェザント、怪我の状態は？」

「お、おそらく、肺をやられっ……ごほっ！」

まずい——肺の中に血が溜まり始めている——早く処置しないと——。

アズサがそう判断したのも束の間、ニスモを襲った紫色の軟体怪獣がドロリと尻尾の中から這い出てくる。さらに残った3本目の尻尾からも同様の軟体怪獣が這い出てきて、合計3体の紫色の軟体怪獣がアズサたちの前に姿を現した。

その3体はまるで1つの意思を持っているかのように集まり始め、身体を密着させる。同時にそれぞれの形状が変化していき、1体が足の形、1体が胴体と腕の形、1体が長く伸びた頭部の形へ変態し——個体の怪獣へと融合。

——2腕2足の化物が、ゆっくりと立ち上がる。

身体の表面が硬質化して白粉のように白くなり、不気味なほど長く伸びた後頭部からは紫色の血流が透けて見える。人間のような両目は未発達なようで小さく、白く濁って淀んでいる。

その全高およそ2メートル、肉という肉をこそげ落した餓鬼のような胴と手足。顔から前方に突き出た口からは無数の牙が生え、その隙間からはボタボタと唾液が垂れる。

〝怪獣〟——それは誰がどう見ても、疑いようのない凶悪な怪獣の姿だった。

そのあまりに恐ろしい姿に、アズサは思わず息を飲む。

「な……なんだコイツは……！」

『………ニンゲン……コロス……』

「⁉　人の言葉を――！」

『ニンゲン……ニン、ゲン……コロス……コロス……シ、ネ……シネ……シネ……！』

人型怪獣の未発達な目が、アズサを見る。その目線にどんな意図があるのか、アズサはすぐに理解して戦慄する。それは、敵意と殺意だ。

『市民の皆様にお伝えします。只今(ただいま)、区内に設置された怪獣線計測器(グリフォス・カウンター)によって超高濃度のグリフォス線が検出されました。推定グリフォス線出力は30万。過去に前例のない脅威が予想されます。市民の皆様は、速やかに付近の地下シェルターへ退避して下さい。繰り返します――』

スピーカーから電子音声(アナウンス)が流れる。どうやら周辺の怪獣線計測器(グリフォス・カウンター)が人型怪獣のグリフォス線を検出したらしい。

その音声を聞いたセルホは絶句し、

「さ、30万……⁉　そんな数値聞いたことも……！」

「……セルホ隊員、フェザントを連れて逃げろ。私がコイツを食い止める」

「！　アズサさん⁉　でも――！」

「いいから行け！　走れ！　早くッ！」

「っ……すぐに増援を呼んできます！」

セルホはニスモを抱え、走り出す。彼女がその場から去ったのを耳で確認したアズサは、大斬刀（クレイモア）を構えた。

「……ミョルニル・スーツ、制限全解放（リミット・オーバーシュート）」

呟（つぶや）く。刹那、彼女がまとうミョルニル・スーツから白銀色の揺らめく光が放たれ、グリフォス線の光が全身を包み込む。それはスーツの素材に使われている怪獣の核が限界まで活性化し、漏れ出ている証（あかし）。身体への負荷を一切考慮しない、１００パーセントの全力全開だ。

『市民の皆様にお伝えします。只今、区内に設置された怪獣線計測器（グリフォス・カウンター）によって非常に高いグリフォス線が検出されました。推定グリフォス線出力は17万。極めて高い脅威が予想されます。市民の皆様は――』

アズサから漏れ出るグリフォス線に怪獣線計測器（グリフォス・カウンター）が反応する。

グリフォス線出力は、その怪獣の強さを表す指標。数値が高いほど強力な怪獣であり、アズサのミョルニル・スーツの数値は人型怪獣より遥（はる）か下。

力の差は歴然――だがそれでも、アズサは1歩も退（ひ）けなかった。

「……私がここで逃げたら、もう誰もコイツを止められない。〝最強の防衛隊員〟なんて荷が重すぎるけど――」

――斬撃。音よりも速く。

一瞬の内に繰り出した神速の攻撃だったが、人型怪獣は振り下ろされた大斬刀(クレイモア)を片手で受け止める。その細い手足からは想像もできないほどの怪力。

『コロス……コロス……』

力の差がありすぎる。これはもはや戦いにならない。それでも――

「それでも背負ったからには――最強と呼ばれたからには――絶対に、絶っっっ対に、退けないんだッッッ!!!」

自分の後ろには何万人もの防衛隊員と守るべき市民がいる。それをこの怪獣から守れるのは、もう自分しかいないんだ――っ！　アズサはその一心で、大斬刀(クレイモア)を振るう。

「高機動戦術・四型〝疾風(ハヤテ)〟ッ!!!」

高機動型(ヴァンガード・モデル)ミョルニル・スーツの性能を限界まで引き出し、かつて一瞬で兵隊蟲(へいたいむし)の怪獣の群れを全滅させた技を繰り出す。

斬撃、斬撃、斬撃――。音速を超えた領域で行われる攻防。持てる全てをぶつけ、アズサの剣技は起死回生の一撃を狙い続ける。

しかし――

『シ……ネ……』

醜悪な怪獣の腕が――アズサの大斬刀(クレイモア)を叩(たた)き折った。分厚く長大な刀身が宙を舞い、地面に突き刺さる。

「そん――な――」

次の瞬間、アズサの全身が斬り裂かれる。醜悪な怪獣の爪はミョルニル・スーツを紙切れのように切断し、身体中(からだじゅう)をズタズタにする。

「が……はぁ……っ！」

地面に膝を突き、折れた大斬刀(クレイモア)で身体を支えるアズサ。激痛で立ち上がることすらままならない。

『ニンゲン……シネ……シネ……シネ……！』

人型怪獣は牙の生えた口をギチギチと裂くように大きく開き、口内を露出。それと同時に喉奥が赤熱色に発光。それは破壊の怪獣が撃ち出す熱射ビームと同じ色だ。

アズサへ向けた、最後の攻撃準備。完全に――勝敗は決した。

「……あ～あ……やっぱり、ダメかぁ……」

諦観の言葉を漏らすアズサ。

そんな彼女の脳裏に、とある幼馴染の顔が思い浮かぶ。

「…………シン……会いたかったなぁ……最後に……」

せめて——最後くらいは——。

そう思った時、真っ赤な光が人型怪獣から放たれる。

破壊の怪獣の超巨体が撃ち出す熱射ビームに勝るとも劣らない破壊力。人体など容易く溶解するほどの超高温が彼女を包む。

——アズサは痛みを感じなかった。それは自分が死んだからだと思った。

だがすぐに「あれ——？」と気付く。

身体の感覚がある。朧気だがまだ意識もある。

まだ——自分は死んでいない——？

恐る恐る瞼を開くと、そこには——身体を盾にして熱射ビームから守ってくれる何者かの姿。

これは——人——？　どうして——誰が——。

人型怪獣が熱射ビームを撃ち終える。直後、アズサはその姿をハッキリと目撃した。

——違う——これは人なんかじゃない——。

身体全体が蒼い鱗と棘で覆われ、背中や腕などに生える長く白い体毛。足は獣を思わせる逆関節になっていて、顔は狼のように鼻と口が前方に突き出て、大きく裂けた口からは剝き出しの牙が生えている。頭には2本の角があり、蒼白く光る目はギョロリと動く。

アズサは、その怪獣に見覚えがあった。

「まさか……あの時の家族を助けた……！」

『――ああ、今度はお前を助ける番だ』

――俺は気色の悪い人型怪獣と対峙する。

なるほど、コイツは相当強い。ニスモが「念のため、弱点を破壊したら周囲を警戒しておいてくれ。なにが起こるか未知数だからねぇ」って言ってたけど、まさか破壊の怪獣の正体が寄生怪獣だったなんてな。

さしずめ、コイツは〝破壊の怪獣・第2形態〟ってトコか。全く笑えない冗談だ。

『オ……オォ……』

『今日で……いや、今回で全部終わりだ、破壊の怪獣。テメーは俺が倒す』

そう言った直後、破壊の怪獣は俺に襲い掛かってくる。両手で斬り裂こうとしてくるが、俺はその腕と組み合って力比べの状態に持ち込む。

『……シネ……シネ……』

猛烈な力を腕に込め、こちらに圧力をかけてくる破壊の怪獣。その細い腕の怪力は凄まじく、耐えるだけで足元の地面が陥没する。

おそらく、刻の怪獣になったばかりの頃だったら手も足もでなかっただろう。それだけ破壊の怪獣・第2形態は強い。

だが――

『……悪いけど、これくらいじゃ俺は殺せねーよ』

そう答えると――そのまま破壊の怪獣の両腕を引き千切る。同時に、破壊の怪獣の左右から紫色の血が噴き出た。

『ア、ア……⁉』

「核を潰して殺せるなら――もう俺の方が強いんでな」

これまで幾度もループの中で戦いを繰り返す内に、俺は刻の怪獣の力をほとんど完全に引き出せるようになっていた。怪獣になったばかりの頃とは、比べ物にならない。

『コロス……コロ、ス……！』

破壊の怪獣は即座に千切れた腕を再生し、再び攻撃を繰り出してくる。だがその攻撃が俺に当たることはなく、逆に俺の爪がヤツを捉える。

斬り裂かれる白色の胴体。だがヤツの身体は異様なまでに硬く、斬り裂いた爪が砕けてしまった。

だが俺はハッキリと見る。斬り裂いた胴体、その奥に――〝核〟を。

『それが――お前の本当の核か』

――ぐっと屈んで全身にパワーを溜める。爪の折れた右手で、グッと拳を握る。

胸部の核が高熱を帯びて発光を始め、身体中から蒼白いグリフォス線が漏出し、オーラのように辺りを漂い始める。

『市民の皆様にお伝えします。只今、区内に設置された怪獣線計測器によってグリフォス線が検出されました。推定グリフォス線出力は99万。計測の上限値を超えるため、装置の故障の可能性があります。防衛隊員が点検に参りますので、もうしばらく――』

スピーカーから電子音声が流れる。実質、計測不能だと。

ああそうさ、これが今の俺の――全力全開だ。

『ォォォォォォォォオオアアアッッッッッ!!!』

――咆哮。全ての力を解き放って突貫する。

そして——全てを込めた拳で、破壊の怪獣の核を殴り潰した。

『——』

飛び散る核の破片。刻が止まったかのような瞬間。

破壊の怪獣が俺の腕を引き抜こうと、細い両腕で掴む。だがその腕にさっきまでの怪力はない。

破壊の怪獣の白い身体が、ドロリと溶けていく。

白い肌は紫色の液体へと変わり果て、形を維持できずにボタボタと地面に落ちる。

紫色の液体はさらに細かい粒子となり、塵となって風に流れ——完全に消滅。

——周囲が、静寂に包まれる。

——復活しない。

——再生しない。

破壊の怪獣は——完全に倒された。

『……』

——終わった。全て。ようやく。なにもかも。

これで、世界は新しい未来へと進むだろう。俺は、俺たちは、勝ったのだ。

だけど……最後に伝えなきゃ——。

俺は刻(とき)の怪獣の姿のまま、傷だらけのアズサへと歩み寄る。彼女は出血が酷(ひど)く、今にも気を失いそうだ。

「か……怪獣……お前は、どうして……」

『……ゴメンな、アズサ。俺はもう、お前の隣に立てないかもしれない』

「え……？」

『運命が変わった。憧れは憧れのままで終わっちまった。でもこれでよかったんだ。お前の隣にはいられないけど——それでも俺は、お前に生きていてほしかったから』

「なにを……言って……まさか……お前は……」

言いかけて、アズサは気を失った。倒れる彼女を支え、ゆっくりと地面に横たわらせる。

……きっと、すぐにここに救援が駆け付けるだろう。心配はいらないはずだ。

俺は彼女に背を向け——その場を後にしたのだった。

エピローグ

――2041年、7月11日、午後3時30分

破壊の怪獣が倒されてから、かれこれ1週間が経(た)った。

未曾有(みぞう)の超大型怪獣の出現と、一部部隊の壊滅、そしてアズサ(クレイモア・レイヴン)やニスモ(サイコ・フェザント)『ホワイト・レイヴン』メンバーの負傷――それら危機的事態に防衛隊(ユニオン)日本支部はもう大混乱。

TVやSNSでも超巨大怪獣のことが連日取り上げられ、上層部は記者会見の毎日。防衛の顔でもあるコマンダー・ライデンもマスコミの取材を受けまくる日々を送っている。

いずれにせよ、防衛隊(ユニオン)日本支部は組織改革を迫られるだろう。それがどんな新しい未来を築くのかは、まだわからないけれど。

――そんな世相の中、俺は今防衛隊(ユニオン)中央病院までやって来ている。理由は勿論(もちろん)、幼馴染(アズサ)の見舞いのためだ。

俺が待合室の席に座っていると、

「それじゃゴンドウさん、お大事にね」

「お世話になりました。今から実家に帰って、親父(おやじ)とお袋に顔見せてきますよ」

「うんうん、あんなおっきい怪獣と戦ってちゃんと生きて帰れたんだから、目一杯親孝行してあげなさい。それと注射嫌いはなんとかしなさいよ」

「薬は注射より飲むのに限りますって。それじゃ」

受付でそんな会話を済ませた防衛隊員が、病院から出て行く。きっと彼も破壊の怪獣との戦いで生き残り、運命が変わった1人なのだろう。

〝コンドコソ、ウンメイヲ、カエテクレ……〟

——また、刻の怪獣のことを思い出す。

今思えば、どうしてアイツは俺に力を託したのだろうか？　それに何故アズサのことを知っていたのだろう？

もはやそれを知る術はないが——思うのだ。あの刻の怪獣は、もしかしたら俺自身だったんじゃないかって。

俺がアズサを救えないまま生き残ってしまい、人であることを捨ててでも戦い続けた姿。そしていつしか歪んだ刻の円環に迷い込み、自分自身と出会った——。

確証なんてなにもないが、そんな気がする。ただ1つ明確に言えることは、俺はあの時の遺言を叶えたってことだけだ。

「蘭堂シンさーん、面会のお時間でーす」

そんなことを考えてると、看護師さんが俺を呼ぶ。

はーいと答えて席を立ち、エレベーターのある廊下へ向かうと——そこでとある人物とバッタリ出くわした。

「あれ……シン？」

「セルホ！　お前なんでここに……？」

「それは……お見舞いのためですよ。そっちこそ、どうせクレイモア・レイヴンのお見舞いなんでしょう？」

「あ、ああ、確かにそうだけど……。でもお前もアズサのトコ行くなら声かけてくれりゃよかったのに」

「私は……別な人のお見舞いもあったので。それじゃあ先に戻ってますから」

セルホはそう言うと、俺の横を通りすぎる。別な人っていうのは、間違いなく彼女のことだろう。

「——セルホ、大事な人に会えてよかったな」

「……どういたしまして、です」

俺はセルホの背中を少しだけ見送ると、エレベーターに乗る。そして目的地のボタンを押すのと前後して、スマホに着信があった。

「おっと、噂をすれば……もしもし」

『やあやあ怪獣くん、ボクの可愛い妹とはすれ違ったかな？』

電話の向こうから聞こえてくる陽気な声。当然ニスモである。

「ああ、たった今そこで会った。機嫌よさそうだったよ。つーか、こんな普通に電話してきて大丈夫なのか？」

『無論だとも。この会話は衛星通信をハッキングして行われているから、他の誰にも干渉されない。しかも通信料無料で世界中かけ放題！　凄いでしょ⁉』

「……そうだな、凄いな。犯罪だけど。それはそうと怪我の具合はどうだ？」

『心配いらない。グリフォス線を応用した細胞復活装置を使えば、あんなのはかすり傷にも入らないよ。ちなみにそれもボクの発明なんだ、凄いよね⁉』

「うん……元気そうだから、もう電話切るぞ」

『あぁ、待ち給え！　最後に1つだけ——！』

「なんだ？」

「怪獣くん、これからレイヴンに会うんだろう？　だったらきっといいお報せがあるよ。

これはボクの命を救ってくれたことへの、ささやかなお礼。どうか受け取ってくれ給え」

「？　はあ……」

『じゃあね、怪獣くん。退院したらまたラボで会おう。愛してるよ♪』

ニスモはそれだけ言い残すと一方的に電話を切った。相変わらずの自由人だ。

――エレベーターが目的階に着く。俺は受付で聞いた部屋番を探し、しばらく歩いてようやく見つけた。

「――アズサ、いるか？」

コンコン、とノックを鳴らして呼び掛ける。すると、

「……うん、入っていいよ」

声が返ってきた。俺は入り口のドアを開け――

「よう、お見舞いに来たぜ。具合はどうだ？」

病室の中に入る。そこは幹部用の個室になっており、比較的広い部屋にベッドが１つ。

そこには――

「いらっしゃい、シン。見ての通り、満身創痍だけど」

患者衣を着てベッドに座るアズサの姿があった。彼女は俺を見て、少し微笑んでくれる。

「どこがだよ、元気そうじゃねーか。でもよかった、傷はほとんど消えたんだな」

「うん、全然残ってない。防衛隊(ユニオン)の技術はやっぱり凄いね。全身ズタズタにされた時は、もう嫁入りできなくなると思ったのに」

「んなワケあるかよ。アズサだったら引く手あまたに決まってる」

「そ……そんなに言うならシンが……ゴニョゴニョ……」

「ん？　なんて？」

「な、なんでもない！　とにかく座ったら!?」

促されるまま、俺は椅子を引いてベッドの横に座る。

そして持っていた紙袋を机に置き、

「コレ、見舞い品な。お前の好きなケーキ屋行ってきたんだ。結構並んでて買うの――」

「……ねえ、シン。前に私が〝怪獣が人を助けるってあり得ると思う？〟って聞いたの、覚えてる？」

突然、アズサが聞いてくる。とても真剣な表情で。

「……ああ、よく覚えてる」

「そんなの、絶対にあり得ないって思ってた。いるはずないと思ってた。だけど……私が寄生怪獣に負けそうになった時、蒼(あお)い怪獣が助けてくれたの」

「……」

「その蒼い怪獣は寄生怪獣よりずっと強くて、たぶんこれまで観測されたどの怪獣よりも強力だと思う。でも同時に、明確に人間を助けようとする意志を持ってた」

アズサは遠い目で窓の外を見る。きっと、心の整理がついていないのだろう。

「……私にとって怪獣は人類の敵で、絶対に倒すべき相手。だけど人に味方する怪獣が現れて、助けられるなんて……私は……どう受け止めたらいいのかな……」

「別にいいんじゃないか？　わからないなら、それでも」

「え――？」

「その怪獣は、別にアズサに悩んでほしくて助けたワケじゃないと思うぞ。ただアズサに生きていてほしいと思ったから助けた。それだけなんじゃないのか？　アズサはこれまで通り、人のために怪獣を倒したいならそれでいいと思う。ただそういう怪獣もいるんだぞって知ってもらえれば、その怪獣にとっては十分なんじゃないかな」

「――！　シン、もしかしてあの時っ――………うぅん、なんでもない。そんなはずないよね。あんなの、幻覚だったに決まってる……」

自分で自分に言い聞かせるように、アズサは呟く。

たぶん、あまりハッキリとは覚えていないのだろう。俺が最後にかけた言葉を。混濁とした意識の中で見た夢幻のように感じているはずだ。

でも、それでいい。だってアレは、ある種別れの言葉。

俺は——アズサが生きていてくれさえすれば、それで十分なんだから——。

「……ま、世の中色んな怪獣がいるってコトだ。俺はもう行くぞ。明日からまたしがない一般新米隊員として、扱かれる日々が始まるんだからな」

「——うん？　ちょっと待ってシン、今の言い方……部隊長から聞いてないの？」

「？　なにを？」

「ああ、本当に聞いてないのね。まあ近々に決まったことだからしょうがない。なら——代わってこのクレイモア・レイヴンが伝えよう」

コホン、と改まってアズサが咳払いをする。

なんだ？　と俺が不思議に思うと——

「蘭堂シン隊員、本日を以て貴官を——『ホワイト・レイヴン』へ配属とする」

「…………え？」

「まだ詳しくは言えないんだけど、『ホワイト・レイヴン』のメンバーから上層部に打診があったの。〝今回の件で防衛隊日本支部の戦力に問題があることが判明した。これからのさらなる脅威に対抗するため『ホワイト・レイヴン』の新人養成機関を設立すべきだ〟って」

「それって――っ！」

「つまり、『ホワイト・レイヴン』のサポート部隊を作ることになったってこと。そこで――シン、セルホちゃん、マオちゃんを推薦するって話が出たのよ」

「………マジ、かよ……」

俺は開いた口が塞がらなかった。

まさか――さっきニスモが言ってた〝ささやかなお礼〟って、このことか？

俺に――――もう1度、アズサの隣に並ぶチャンスをくれると――――。

俺は茫然と立ち尽くしてしまうが、

「……シンがやるって言うなら、私は全力で応援する。だから――どうする？」

アズサが、俺に手を差し伸べる。

女の子の小さな、けれど戦いを潜り抜けてきた力強い手の平。

俺は――そんな彼女の手を、しっかりと握った。

あとがき

怪獣、好きかい？　僕はスペースゴジラとかビオランテとか好きですが、１番好きなのはＭＯＧＥＲＡ（モゲラ）です（怪獣じゃない）。デストロイアとイリスはトラウマ。

読者の皆様初めまして、またはお久しぶりです。作者のメソポ・たみあです。

兎（と）にも角（かく）にも、まずは本書を手に取って頂いてありがとうございます。少しでもお楽しみ頂けましたでしょうか？

それにしても、まさか自分が怪獣を題材にした小説を出版できる日が来ようとは夢にも思っていませんでした。ゴジラ平成ＶＳシリーズや平成ガメラ３部作を血眼になって観（み）ていた子供の頃の僕が聞いたら、間違いなく卒倒すると思います。ええホントに。

あとタイムリープ系の物語を書くのも完全に初めてで、個人的にはあらゆる意味で新しい挑戦だったというか……。ＳＦは結構好きで昔から色々観たりしてたんですが、思い返せばタイムリープを扱った作品でちゃんと観たのは割と数えるくらいなんですよね。まあシュタゲは名作なんですが。そんなワイが書いて大丈夫なんか……と不安に思いつつ書き進めましたが、なんとか形にすることができました。形になってよかった……。

そんなこんなで書き終えてふと思ったんですが、怪獣とタイムリープ（タイムトラベル）を掛け合わせて主題にしてしまった作品は、たぶん『ゴジラVSキングギドラ』に続きこの作品が世界で2番目でしょう。よく知りませんが（適当）。

それと内容を読んで気付いた方も多いかと思いますが、『刻をかける怪獣』には色々な作品のオマージュやパロディが含まれています。

この作品を書き始めたのは2021年末くらいですが、当時アメリカのハリウッド映画監督たちの中で「自分が影響を受けた作品に対するラブレターとして映画を作る」をテーマに自作品にパロディやオマージュを取り入れるのがちょっとだけ流行っていました。どうせ怪獣＋タイムリープという無茶苦茶な作品をやるなら、僕も童心に戻って自分を形作った色んな作品へのラブレターと思って書こうとした結果こうなった感じですね。今思うと、もうちょっとゴジラやガメラのパロディ入れたかったなぁ～、というのが微妙に心残りだったりします。とはいえタイトルが決まった時には、流石に「本当に大丈夫なんスか!?」とビビりましたが……。

話変わって、昨今（2022年現在）のちょっとした怪獣ブームは個人的に喜ばしく感じています。これまで特撮と言えばスーパー戦隊シリーズか仮面ライダーシリーズ、でなければウルトラマンといった具合で、怪獣モノは完全に日陰に隠れてしまっていました。

確かに悪の怪獣や怪人をぶっ倒すヒーローもいい！　でもスクリーンの中で画面狭しと大暴れする怪獣ＶＳ怪獣が観たい！　東京タワーを薙ぎ倒したり京都駅に突っ込んだりしてほしい！　無人在来線爆弾に翻弄されるなんて最＆高！　そんなわんぱくな想いを抱く男子たちが増えてきているのは嬉しい限りですし、もし『刻をかける怪獣』が怪獣ブームを広げる一助になれるのなら１人の怪獣ファンとして冥利に尽きます。

最後に、本作の担当編集者様、そしてイラストを担当して頂いたｂｕｎ１５０様に、心からの感謝を申し上げます。

それでは、２巻が出た晩にはどうか引き続きお付き合いくださいませ。

二〇二二年七月　メソポ・たみあ

刻(とき)をかける怪獣(かいじゅう)

著　メソポ・たみあ

角川スニーカー文庫　23240
2022年7月1日　初版発行

発行者　青柳昌行
発　行　株式会社KADOKAWA
〒102-8177 東京都千代田区富士見2-13-3
電話　0570-002-301（ナビダイヤル）

印刷所　株式会社暁印刷
製本所　本間製本株式会社

◇◇◇

Printed in Japan　ISBN 978-4-04-112669-1　C0193

★ご意見、ご感想をお送りください★
〒102-8177 東京都千代田区富士見 2-13-3
株式会社KADOKAWA　角川スニーカー文庫編集部気付
「メソポ・たみあ」先生「bun150」先生

角川文庫発刊に際して

角川源義

第二次世界大戦の敗北は、軍事力の敗北であった以上に、私たちの若い文化力の敗退であった。私たちの文化が戦争に対して如何に無力であり、単なるあだ花に過ぎなかったかを、私たちは身を以て体験し痛感した。西洋近代文化の摂取にとって、明治以後八十年の歳月は決して短かすぎたとは言えない。にもかかわらず、近代文化の伝統を確立し、自由な批判と柔軟な良識に富む文化層として自らを形成することに私たちは失敗して来た。そしてこれは、各層への文化の普及滲透を任務とする出版人の責任でもあった。

一九四五年以来、私たちは再び振出しに戻り、第一歩から踏み出すことを余儀なくされた。これは大きな不幸ではあるが、反面、これまでの混沌・未熟・歪曲の中にあった我が国の文化に秩序と確たる基礎を齎らすためには絶好の機会でもある。角川書店は、このような祖国の文化的危機にあたり、微力をも顧みず再建の礎石たるべき抱負と決意とをもって出発したが、ここに創立以来の念願を果すべく角川文庫を発刊する。これまで刊行されたあらゆる全集叢書文庫類の長所と短所とを検討し、古今東西の不朽の典籍を、良心的編集のもとに、廉価に、そして書架にふさわしい美本として、多くのひとびとに提供しようとする。しかし私たちは徒らに百科全書的な知識のジレッタントを作ることを目的とせず、あくまで祖国の文化に秩序と再建への道を示し、この文庫を角川書店の栄ある事業として、今後永久に継続発展せしめ、学芸と教養との殿堂として大成せんことを期したい。多くの読書子の愛情ある忠言と支持とによって、この希望と抱負とを完遂せしめられんことを願う。

一九四九年五月三日